KB055699

Z의 시간

It's time from Z

Author
사카키 이치로

Illustrator
카츠단소

『〈지노〉― 코사하나 시노!』

나는 정신없이 「전우」의 이름을 불렀다.

지금이다.

지금이라면 이 녀석의 움직임은 거의 멈춰 있다!

『쏴!』

Z의 시간
1

사카키 이치로 지음 **|** **카츠단소** 일러스트 **|** **김정규** 옮김

일러스트 | **카츠단소**

Z의 시간

It's time from Z

목

차

서 장　시작의 Z

감정은 때로 이성조차 꺾어버린다.

그것이 옳은 일이라는 걸 알아도, 다른 선택지가 없다는 걸 알면서도, 인간은 종종 감정에 이끌려서 잘못된 선택을 해버린다. 또는 애당초 선택을 거부한 채, 모든 것을 잃게 되기도 한다.

딱히 신기한 일도 아니다.

그건 정말로…… 흔히 있는 장면일 뿐이었다.

"——싸! 쏘라고! 빨리!"

소리치는 남자의 손에는 자동 권총이 쥐어져 있었다.

하지만 그 총의 슬라이드가 열려 있는 상태인 걸 보면, 이미 탄환이 다 떨어졌다는 것이 일목요연했다. 예비 탄창은 없다. 있었다면 이미 발포하고 있었겠지.

"그놈은—— 그건, 이미, 다른 존재가 됐다고!"

남자는 쇠창살 사이로 팔을 내밀고 손가락으로 가리켰다.

통로 안쪽에서, 천천히 다가오는…… 사람 그림자를.

한 걸음. 또 한 걸음. 그것은 걷는다기보다는 단순히 매번 반사적으로 발을 내디뎌서 쓰러지는 것을 막고 있는, 단지 그것뿐인, 어딘가 부자연스런 모습이었다. 다리를 다쳤기 때문, 은 아니다. 온 몸의 움직임이 둔한데다 너무나 뻣뻣했다.

"알아, 안다고, 하지만, 그래도, 난 못해! 못 한다고!"

소녀는 두 손으로 권총을 쥐고 있으면서도── 세차게 고개를 저었다.

"**그건** 이미 그 녀석이 아니야! 네 연인이 아니라고!"

남자는 쇠창살을 손으로 붙잡고 흔들면서 소리쳤다.

이 장애물 때문에 남자는 소녀가 있는 곳으로 달려갈 수가 없다. 달려가서 그 손에든 총을 빼앗고, 다가오는『그것』에게 총알을 날려댈 수가 없다.

"네 연인은 죽었어!! 죽었다고!"

"아냐, 아니라고, 그 사람은──."

"저건 이미 사람이 아니야!!"

사람은 죽어서도『사람』인 것이 아니다. 물건인『사체』가 되는 것이다.

그렇게 말한 사람은 대체 누구였을까.

생명의 유무가 사람과 물건을 구분하는 경계선이라면, 지금 소녀를 향해 다가오고 있는『그것』은 틀림없이 이미 사람이 아닌 물건일 것이다.

분명히『그것』은 죽은 상태다.

옷이 찢어져서 왼쪽 가슴이 드러나 있다. 그리고 갈비뼈가, 그리고 심장이 있어야 할 곳에는 마치 뭔가 질 나쁜 농담이라도 되는 양, 뻥하니, 주먹을 집어넣어도 될 만큼 커다란 구멍이 뚫려 있었다. 그 구멍 주위에는 이미 말라서 굳어진 핏자국도 보인다.

사람이 그런 상태에서 살아 있을 리가 없다. 그런데, 그 것은 움직이고 있다. 억지로 생전의 모습을 모방하는 것처럼 걷고 있다.

상식을, 자신의 존재를 이용해서 비웃는 것처럼.

"쥬디! 쏴! 제발, 쏘라고!"

"안 돼…… 난 못 해……!!"

그렇게 말하고 소녀는── 총을 버렸다.

"……그렇겠지."

시간은 이미 저녁 여섯시 반.

해도 완전히 저물고, 불빛이라고는 TV밖에 없는 거실에서── 쥬도 오토와는 무표정한 얼굴로 고개를 끄덕였다.

화면 속에서는 소녀가 예전 연인에게 머리를 물어뜯기고 있는 쇼킹한 영상이 나오고 있는데…… 오토와는 태연하게 그 모습을 지켜보고 있다.

아니, 오히려 눈 깜박이는 틈도 아깝다는 것처럼, 안경 렌즈 너머에 있는 동그란 눈을 크게 뜨고.

"…………."

예쁘기는 하지만 화장기라고는 찾아볼 수 없는 그 얼굴에 감정의 기색은 없다.

눈을 뜬 채로 잠들었다거나── 아니면 오토와 자신이 시체인 것처럼 보일 정도였다. 방이 어두운 탓에 더더욱,

그녀의 모습은 왠지 이 세상에서 동떨어진 것 같은 이상한 느낌이 감돌았다.

밝은 방에서 미소라도 지으면 틀림없이 모든 이가 예쁘다고 인정할 이목구비인데—— 오토와 자신은 그런 것에 전혀 관심이 없다. 화장은 최소한, 머리카락도 손질하게 편한데다 『잡기 힘들다』는 이유로 짧은 보브 커트를 선호할 정도.

하지만——

"뭐야, 너 있었어?"

"——?"

갑자기 불이 켜지고, 거실 안에 빛이 넘쳐나자—— 오토와는 눈을 찌푸렸다.

"집에 있으면 불 켜라고 했잖아? 왜 그러고 있어?"

거실 입구에서 허리에 손을 대고 서서 그렇게 말한 사람은 언니 미즈키였다.

아무래도 자매다보니 얼굴은 많이 닮았지만, 다른 사람에게 주는 인상은 정반대였다. 잘 손질돼서 완만한 웨이브를 그리는 긴 머리카락에 확실한 메이크업. 게다가 희로애락을 여실하게 보여주는 얼굴. 어딘가 혈압이 낮아 보이는—— 졸린 인상의 오토와에 비해, 미즈키는 항상 기력이 넘치는 모습이다.

대학교 2학년인 미즈키는 매일같이 미팅이네 뭐네 하면서 나돌아 다니기 때문에 저녁식사 전에 집에 돌아오는 일

이 거의 없다. 하지만 아무래도 오늘은 예외인 것 같다. 미팅 예정이 깨진 건지도 모른다. 아주 조금이지만 심기가 불편해 보인다.

"……미안해."

오토와는 일단 사과했다.

하지만 눈은 여전히 TV 화면을 보는 채로. 마침 중요한 장면이라서 눈을 뗄 수가 없다. 쥬디가 던진 총이 쇠창살 있는 곳까지 갔고, 그것을 남자가 집었다. 뭐, 구해줘야 할 쥬디는 이미 연인이었던 물건한테 여기저기를 잔뜩 물려서 한참 늦었다는 느낌이 잔뜩 전해지지만.

"사과하라는 게 아니라, 왜 불을 안 켰는지 이유를 묻는 거잖아."

미즈키가 짜증을 내며 말했다.

오토와의 눈이 TV 쪽으로 향해 있는데 대해 트집 잡지 않는 것은, 동생의 성격과 취미를 잘 알고 있기 때문…… 이라기보다는, 그 점에 대해서는 반쯤 포기했기 때문이다.

"영화 보고 있어서……."

"불 켜도 TV는 볼 수 있잖아."

"……분위기 문제."

"무슨 분위기인데."

미즈키는 TV 화면을 흘끗 보고는 짜증 난다는 듯이 말했다.

"정말이지, 맨날 그런 징그러운 것만 보고. 뭐가 재미있는 건데."

"이건 그렇게 징그럽지 않은데."

저예산 영화라서 너무 요란한 스플래터 신은 찍지 못했다. 머리가 반쯤 날아간다든지 몸통만 남아서 기어온다든지, 그런 장면을 찍으려면 특수 분장이나 애니머트로닉스, CG 등등…… 돈이 많이 들게 된다.

애당초 좀비는 저예산으로 찍을 수 있는 괴물이라는 점 때문에 인기인 장르다.

"말도 안 돼!"

그렇게 말하고── 언니는 오토와 옆까지 와서는 리모콘을 빼앗아서 뉴스가 나오는 채널로 바꿨다.

"하지 마."

"불만 있으면 빼앗아보든지?"

이겼다는 태도로 리모컨을 살랑살랑 흔드는 언니를 보고── 오토와는 그저 무표정하게 입을 다물어버렸다.

언니의 횡포는 어제오늘 일이 아니다.

미즈키가 오토와의 무뚝뚝한 태도에 익숙해진 것처럼, 오토와도 미즈키의 폭군 같은 행동에 익숙했다. 자매가 왜 이렇게 성격이 다른 거냐고, 부모님은 신기해했지만── 서로가 바로 옆에 극단적인 사례가 있기에 『저렇게는 되지 말아야지』라고 생각했다.

'……소용없는 짓이니까…… 됐어…….'

어차피 항의해봤자 언니가 들어줄 리도 없다.

영화는 VOD 서비스니까 언제든지 다시 볼 수 있다.

그다지 사이가 좋다고 할 수는 없는 자매지만, 무슨 일이 있으면 기본적으로 오토와가 굽히고 들어간다.

동생이라서 그런다기보다는 자신이 세상에서 봤을 때 소수파라는 점—— 언니나 부모님 시선으로 봤을 때 상당히 『이상한 사람』이라는 사실을 자각하고 있기 때문이다.

자신은 어딘가 이상하다. 어디가 이상한지는 잘 모르겠지만.

어쩌면 이상한 건 자신이 아니라 세상 쪽인지도 모른다는 생각도 했다.

옷 단추를 잘못 끼운 것처럼 엉망인 느낌. 물론 오토와의 경우에는 그것을 원망하거나 화내거나 안타까워하지 않고 그저 멍하니, 소외감 같은 것을 느끼고 있을 뿐이지만.

철이 들었을 때부터 계속 그래왔다. 그리고 아마 앞으로도 계속 변하지 않을 것이다.

자신은 이 말로 표현하기 힘든 감각을 품은 채로 계속 살아가겠지.

적어도 오토와는 오늘까지 큰 의문도 없이, 그렇게 생각해왔다.

"……어, 무슨 사건인가? 폭동?"

미즈키가 고개를 갸웃거렸다.

TV 화면에서는 외국—— 그것도 폭동의 모습이 나오고 있었다. 수많은 사람이 뭔가 벽 같은 가로 폭이 긴 빌딩으로 밀려들고 있다. 빌딩 바로 앞에는 파란 바탕에 하얀 글자가 적힌 간판 것이 있는데——

"아, CDC다."

오토와가 조용히 말했다.

"CDC? 그게 뭔데?"

"미국 질병통제예방센터…… 좀비물에는 꼭 나오는, 약속 같은 거."

그렇게 말하고 열심히 그 영상을 보는 오토와.

영화에서는 자주 나오는 이름인데, 진짜—— 실제 CDC의 영상은 흔히 볼 수 있는 것이 아니다. 오토와에게는 절대로 놓칠 수 없는 귀중한 영상이었다.

"약속이라니…… 너 진짜 징그럽다."

"리모컨 이리 줘. 녹화할래."

"…………."

미즈키는 짜증 난다는 듯이 한숨을 쉬고는—— 리모컨을 오토와한테 던져줬다.

내 이름은 데와 히로아키라고 한다.

이름은 그렇다 치고—— 성은 약간 신기한 편이라서 남들이 잘 기억해준다. 다른 한자를 쓰는 성이랑 착각하는 일도 많지만, 글자로 써서 보여주면 어지간한 사람들은 신기해한다. 그렇다고 해서 그게 내 인생에 뭔가 유리하게 작용하는 것도 아니지만.

전장에서는 더더욱.

"······헉······ 헉······."

황폐해진 도심을—— 거대한 묘비처럼 줄지어 서 있는 빌딩 사이를, 애용하는 FN SCAR-H 자동소총을 들고 혼자서, 뛰어가고 있었다.

갈라진 도로는 마치 대지에 상처가 난 것처럼 보이고, 건설현장의 크레인은 마치 하늘을 저주하면서 멸망한 공룡—— 그 **뼈**를 연상케 한다. 곳곳에 널려 있는 파편과 쓰러진 채로 방치된 자동차가, 이미 이 도시에서 인간의 삶이 사라진 지 오래됐다는 사실을 말해주고 있다.

모든 것에 죽음의 인상이 가득 찬 세상.

하지만 아직 전부 멸망한 것은 아니다.

아니—— 오히려 격렬하게 살아가는 사람들이 여기에 있다.

대파된 차량이 곳곳에 굴러다니는 도로—— 이 도로를

사이에 두고 총소리와 폭음, 그리고 고함소리가 오간다. 눈에 보이지는 않지만 아마도 대량의 총탄도…… 말이지.

"허억…… 헉……."

그렇다. 여기서는 내 본명 따위는 아무런 의미도 없다.

누군가가 날 부를 때는 콜사인『하운드9』으로 부른다. 본명은 오히려 백해무익. 괜히 신상이 들키면 파멸…… 우리는 그런 세상에 있다.

"…………."

방치된 장갑차량 뒤로 숨으면서, 나는 엄지손가락으로 조정간을 돌려서 총의 안전장치를 해제했다. 적의 위치를 확인하기 위해, 왼손으로 주머니에서 작은 거울을 꺼내서——

"——?!"

거울에서 팔로, 팔에서 가슴으로, 소리도 없이 켜진 빨간 점이 미끄러져왔다.

레이저 포인터……!

위험해. 조준 당했다. 적은 뒤에 있다.

나는 가까운 곳에 있던 파편 뒤로 굴러 들어갔다. 동시에 내가 방패로 삼고 있던 장갑차량 표면에 착탄하는 불꽃이 튀었다. 총소리는 그 뒤에 들려왔다.

착탄과 총소리의 시차를 계산해보면 거리는 400미터 이상—— 전문 스나이퍼다.

"꽤, 하는데……."

내가 이 전장에 들어온 지 아직 5분도 안 됐다.

이곳은 전파 방해가 심해서 통신기도 제대로 쓸 수가 없다. 아마도 위치 확인용 GPS도.

그런데—— 이 총탄이 정신없이 날아다니는 전장에서 내 존재를 눈으로 확인하고, 적이라고 판단해서 주저하지도 않고 쐈다. 실력은 물론이고 판단력도 나쁘지 않다.

나빴던 것은—— 아마도 장비와 운이다.

요즘 세상에 눈에 보이는 레이저 포인트를 썼기 때문에 저격한다는 걸 들켰다.

그리고 나 같은 숙련자를 상대하게 되다니, 정말 운도 없지.

"헷——."

나는 이를 드러내고 웃었다.

같은 SCAR 플랫폼이라고 해도 경량에 장탄 수도 많은 L형이 아니라, 일부러 무거운 H형에 비싼 돈을 주고 광학 조준기까지 세팅한 것은, 이런 상황에도 대처하기 위해서다. SCAR-H에 사용하는 7.62mm 탄의 유효 사거리는 기본형 총열이라도 700미터에 달한다. 자동소총이지만 충분히 저격용으로도 쓸 수 있다. (공식적으로 SCAR-H의 기본형 총열 장착 시 유효 사거리는 600미터입니다)

고립무원이 되는 경우도 많은 용병 짓을 하려면—— 재주가 많아야 살아남을 수 있다.

"죽어라!!"

조정간을 자동 사격으로 설정. 이어서 파편 구석에 튀어나와 있는 철근에 총을 걸어서 총구가 튀는 것을 막으며, 착탄과 총소리로 판단한 상대의 위치로 향해 대량의 탄약을 퍼부었다.

굵직한 연발 사격 총성과 함께 탄피가 후두둑 쏟아지고, 탄창이 순식간에 텅 비었다── 하지만 그 직후, 멀리 떨어진 빌딩에서 뭔가 검은 것이 떨어지는 게 보였다.

"날 죽이려면 좀 더 신중했어야지? ──거기 너도!"

나는 FN SCAR-H를 90도 선회해서── 총신 아래에 달아놓은 Mk13 EGLM 유탄발사기를 쐈다.

내 탄창이 비었다고 생각해서 얼굴을 내민 게 잘못이다.

퐁── 병기치고는 약간 얼빠진 소리와 진동이 전해져 온다. 총탄과 다르게 눈에 또렷하게 보이는 속도로, 40mm 유탄이 파편 뒤에서 몸을 내밀고 있던 놈들 쪽으로 날아갔다.

"알고리즘을 좀 더 업그레이드하고 오라고!"

"으아아아악?!"

공격을 알아차린 적이 **유난히 리얼하게** 동요하는 소리를 내며 몸을 움츠렸지만, 이미 늦었다. 완만한 포물선 궤도를 그린 유탄은 차폐물을 넘어, 그 뒤에 있는 놈들 한복판에서 작렬했다.

"……미안하다."

나는 입가를 일그러트리며, 날아가 버린 적들을 향해 그렇게 말했다.

물론 NPS── 논 플레이어 솔저가 그런 대사를 듣고 있을 리도 없지만. 이런 건 분위기라고 할까, 롤플레잉을 위한 것이다. NPS는 죽으면 딱히 아무런 표시도 없고, 순간적으로 기호 같은 모습으로 변화하기 때문에 바로 알 수 있다.

"……뭐야."

나는 탄창을 교환하면서── 눈살을 찌푸리고 중얼거렸다.

"전부 NPS였잖아. 아까 그 저격수도 마찬가지겠지?"

동시에─ 갑자기 종료를 알리는 BGM이 들려왔다.

"뭐야? 벌써 끝이야? 이제 몸이 좀 풀렸는데── 그나저나 난 조금 전에 로그인 했는데?!"

투덜댔지만 대답하는 사람은 아무도 없고── 눈에 비치는 풍경이 순식간에 황폐해진 도시에서 너무나 차가운 작전사령실로 바뀌었다.

놓여 있는 것은 50여 개의 접이식 의자뿐. 그것 말고는 아무것도 없는 상자 같은 방. 청결하고 질서정연한 분위기이기는 하지만, 그래서 더 살벌하게 느껴지는 공간이다. 이런 것도 분위기가 사니까 나쁘지는 않지만…….

"──전투 종료. 전과를 발표한다."

기계적이고 감정이라고는 담기지 않은 목소리가 선언. 이어서 작전사령실 벽에 있는 대형 디스플레이에 이번 작전에서의 피탄률과 명중률, 탄약 소비 수, 플레이 시간, 그리고 그것들을 종합한 성적이 표시됐다.

원래 그것은 작전 참가자 전원의 성적을 보여주는 일람표—— 여야 하는데.

『1st place：HOUND9』

『2st place：   』

『3rd place：   』

…………

거기에는…… 내 계정만 표시돼 있었다.

"왠지 요즘 들어 하는 사람이 줄어든 것 같은데……?"

나는 말 없이 벽 쪽에 서 있는 어시스턴트 레이븐에게 물었다.

"최근 닷새 동안에는 HOUND9—— 당신뿐입니다."

그렇게 대답한 것은 긴 금발을 묶어 올리고, 시원해 보이는 파란 눈동자를 가진 젊은 아가씨였다.

레이븐. VR FPS 게임 「스트래글 필드」에서 각종 잡무를 담당하는 NPC. 탄약 보급과 부대 편성, 보수 안내, 각종 정보 제공…… 레이븐에게 말을 걸면 대부분의 사전 작업을 처리할 수 있다.

우수한 사무직 AI다.

젊은 여성 모습인 것은 실질적으로 「스트래글 필드」의 마스코트 캐릭터도 겸하기 때문이다. 수수한 외모지만 의외로 인기가 있는 캐릭터라서, 아마 며칠 전에 등신대 피

규어가 나온다는 발표가── 아니, 그건 그렇다 치고.

"나 하나만? 한 사람도 로그인하지 않았다는 거야?"

"예. 그래서 실질적으로 이번 주 탑 랭커는 당신입니다."

그렇게 말하고 레이븐이 싱긋 미소를 지었다.

"축하합니다."

"고마워── 잠깐, 이 상황은 대체 뭐야?!"

한때는 이 VR FPS 게임─「스트래글 필드」에는 항상 전세계에서 10만 명이 넘는 플레이어가 로그인했었다. 신작 게임에 유저를 빼앗기고 있어서 뭔가 손을 써야 한다는 이야기가 있기는 했지만──

"……뭐, 그건 어떤 게임이나 마찬가지겠지. FPS 유행이 끝난 건가?"

오른손으로 공간을 살짝 가리키면서 손을 돌리자, 눈앞에 창들이 차례로 열렸다.

이 게임만 그런 게 아니다.

「더 정글」「크랙 하운드」「스트레이트 재킷」「파라밀리터리 컴퍼니」「직천사 전역」…… 등등.

내가 해왔던 FPS 게임은 근미래 전쟁을 그린 것부터 제2차 세계대전을 소재로 삼은 것까지, 전멸 상태── 로그인한 사람들 숫자를 검색해보니 엄청나게 줄어들었다는 걸 알 수 있었다.

게임 공용 계정으로 「친구」 등록한 사람들을 찾아봤는데, 정말로 최근 닷새 동안에는 아무도 로그인하지 않았다. 원래「친구」등록한 사람 자체가 열 명도 안 되지만, 하나같이 하루 세 끼 밥보다 VR 게임을 좋아하는, 중증 VR 게임 중독자들이다. 사나흘씩 로그인을 안 하는 건 말도 안 되는 일이다.

"뭐냐고 이거. 분명히 요즘 들어 플레이어 인구가 줄어가고 있기는 했는데 말이야."

"예. 운영하는 측에서도 플레이어 인구 감소 때문에 고민하고 있는 것 같습니다."

그러자 AI 주제에 그런 식으로 대답하는 레이븐.

"그렇게 갑자기 게임이 망해가는 일도 있나?"

"글쎄요. 저로서는 판단할 수 없습니다."

"운영하는 회사가 뭔가 사고라도 쳤나?"

그래서 플레이어가 갑자기 줄어들었다든지?

아니다. 그렇다면 다른 게임까지 전부 플레이어가 줄어들 리는 없다.

"아무리 새벽이라고는 해도 사람이 너무 없잖아?"

"저로서는 판단할 수 없습니다."

꼭 이런 때만 기계 같은 대답만 되풀이하는 레이븐.

"훗…… 뭐 됐고, 난 원래 외로운 늑대── 무리 짓는 건 취향이 아니니까."

그런, 롤플레잉의 일환으로 멋진 척하기는 했지만, 봐주는 사람도 없는데다 상대가 전부 NPS면 재미도 없다. 레이븐도 조용히 미소만 지을 뿐, 딱히 아무런 말도 없다.

자, 이제 어떻게 할까. 어떤 영화배우처럼 약간 오버해서 어깨를 으쓱거리며 고개를 젓고, 허무함을 맛보고 있는데——

꼬르르르르륵……..

——너무나 알기 쉽게, 확실하게 배가 고프다고 주장하는 자신의 몸이 분위기를 다 망쳐버렸다. 뭐, 생리현상이니까 어쩔 수 없지. 노이즈 캔슬러도 자기 몸속에서 나는 소리까지는 없애주지 않으니까.

"로그아웃한다."

"알겠습니다."

그렇게 말하고, 레이븐이 고개 숙여 인사했다.

"무운을 빕니다. 히로아키 님."

"그래, 고마워—— 잠깐."

위화감을 느낀 순간, 작전사령실 풍경이 새카맣게 변했다.

"뭐지……?"

마지막에 레이븐이 한 대사…… 그건 대체 뭐였을까.

『무운을 빕니다』라는 건 작전사령실에서 전장으로 나갈 때—— 플레이어가 게임 필드로 나갈 때 하는 대사다. 게다가 게임에서 로그아웃하는데 무운이고 뭐고 없잖아.

게다가 지금…… 레이븐이 내 본명을 말하지 않았던가?

물론 게임에 가입할 때 과금 아이템 구입 문제라든지 때문에 본명과 주소, 전화번호를 등록하기는 했으니까—— 운영하는 쪽에 내 본명에 관한 정보도 저장돼 있겠지만. 그런데 그걸, 다른 플레이어가 없다고 해도 NPC인 레이븐이 말했다는 건 분명히——

꼬르르르르르륵…….

다시 한번 『그딴 건 됐고!』라고 호소하는 것처럼, 내 배에서 소리가 났다.

뭐, 급하게 어떻게 해야 하는 문제는 아니니까. 다음에 로그인했을 때 레이븐한테 물어보면 되겠지.

"배고프다……."

그렇게 중얼거리면서 머리에 쓰고 있던 고글을 벗었다.

순간—— 끔찍한 현실이 내 눈에 보였다.

세 평짜리 내 방. 중앙에 있는 VR 플랫폼 말고는 싸구려 가구와 쓰레기로 가득 채워진, 허름한 방이다.

"그러고 보니까 과자가 아직 남았던가……?"

실물 FN SCAR-H를—— 모양은 물론이고 중량까지 전부 완벽하게 재현한 도쿄 마●이제 건 컨트롤러를 침대 위에 내려놓고, 전용 신발을 벗고서 VR 플랫폼에서 내려왔다.

일단 책상 위에 던져놨던 포테이토칩 봉투 속으로 손을

집어넣었다.

하지만 손에 잡힌 것은 공기뿐이었다.

"아…… 역시 그냥 잘 걸 그랬나……."

밤새도록 게임을 하는 건 역시 무리였다.

게다가 플랫폼을 사용하는 이런 부류의 VR 게임은 실제로 몸을 움직여야 하고, 건 컨트롤러도 무겁고 해서 체력을 꽤 소모한다. 당연히 배도 고프고.

하지만——

"그러고 보니 최근 며칠 동안 밥이 정말 엉망이었지. 사람이 먹을 게 아니었어."

그래서 사다둔 과자를 다 먹어버렸고.

솔직히 말하자면 최근 일주일 동안 제대로 된 밥을 먹은 적이 없다.

"특히 어제랑 그저께는……."

예전부터 나에 대한—— 방구석 폐인 장남에 대한 가족들의 대우는 정말 엉망이었다.

고등학교에 들어간 지 반년쯤 지났을 때, 이런저런 일들이 있어서 학교에 안 가게 됐다.

하지만 집안에만 틀어박혀 있으면 꽤나 심심하다. 그래서 나는 예전부터 빠져 있던 VR 게임 「스트래글 필드」에서 12개월 연속 톱 랭커에 들어가는 것을 목표로 삼았다. 모든 사람이 주목하는 유명한 플레이어가 되면 프로 게이머가 될 수도 있다. 고등학교에 다니고, 대학에 들어가고, 취업 활동을 하는, 그런 절차를 거치지 않아도 직업을 가질 수 있다. 게다가 프리랜서가 되면 통근 지옥이라든지 회사에서의 인간관계 같은 귀찮은 일들도 전혀 상관없다.

하지만…… 내 이 훌륭한 사고방식을, 가족들은 전혀 이해해주지 않았다.

처음에는 내가 갑자기 학교에 안 가게 돼서 가족들도 걱정을 해줬던 것 같지만――내가 매일같이 게임에 빠져 있었기 때문인지, 점점 나를 험하게 대하게 됐다.

그래서 며칠 전부터는 아예 선을 넘었다고 할까, 거의 괴롭히는 수준까지 도달했다.

기본적으로 나는 화장실 갈 때, 그리고 한밤중에 몰래 샤워할 때 말고는 방에서 나가지를 않는다. 우리 집은 화장실도 욕실도 전부 2층에 있어서, 벌써 한 달도 넘게 1층에 내려가 본 적이 없다. 한마디로 1층에 있는 주방에도 들어가 본 적이 없다.

그래서 식사는 항상 내 방문 앞에 놓여 있는데――그저께 점심때부터 방 앞에 놓여 있는 밥이 썩어 있었다.

약간 상한 정도가 아니다.

완전히 썩은 내가 났다. 시험 삼아 건드려봤더니 완전히 썩어 문드러져 있었다.

그러면서도 밥그릇과 접시에 담아놨다는 게 더 악질이다.

일부러 냉장고에 넣어두지도 않고 밖에 놔뒀다가 가지

고 온 걸까.

그것도 내 것만 따로 만들고, 썩을 때까지 기다렸다가?

그렇게 생각하니 날 괴롭히는데 들이는 그 정열이 약간 무섭기까지 했다.

그래서…… 나는 아래층을 향해서 소리 지르는 걸 자중하고, 식사만 쓰레기봉투에 집어넣고서 묵묵히 게임만 했는데…… 이건, 그건가…… 혹시 병량 공세의 일종?

"솔직히 말이야, 학교 좀 안 간다고 무슨 문제가 있다는 건데?"

긴 인생 중에 겨우 1년이나 2년…… 샛길로 가거나 쉬어도 되잖아.

다른 대부분의 리얼충이나 불량배 놈들도 학교를 빠지거나 학교에 오기는 해도 수업 중에 계속 잠만 자든지 게임이나 하면서 놀든지, 아니면 보건실이나 화장실, 체육창고에 가서 이상한 짓을 한다고. 성실하게 공부하는 놈은 얼마 되지도 않고.

거기에 비하면 집에서 FPS 게임에 매진하는 건 아주 평범한—— 오히려 범죄를 저지르지 않는 만큼 아주 훌륭한 일이잖아. 앞서 말한 대로 유명한 게임에서 톱 랭커가 되면 프로 게이머가 될 가능성도 있고…… 만에 하나 우리나라가 전쟁터가 됐을 때를 위한 훈련이라고 생각하면, 이것도 훌륭한 노력이라고.

이상, 이론적 무장 완료.

"대체 우리 집 사람들은——."

하지만 사람은 배가 고프면 신경이 날카로워지는 법.

화풀이를 하려고 가까이에 있던 빈 페트병을 집어서 벽에 걸린 옷걸이—— 계속 벽에만 걸려 있던 교복을 향해 집어던졌다.

그러자—— 교복에 묻어 있던 먼지가 날렸고, 황급히 창문을 열었다.

"……콜록! 젠장, 열 받아!"

정말이지…… 현실은 밸런스가 엉망인 쓰레기 게임이다.

학교에 안 가기 전에도 ——『게임만 하고 말이야, 기분 나쁘게』라든지『사람 쏴 죽이는 게임이 재미있다니, 너 이상한 거 아니냐?』라는 소리를, 같은 반 애들이나 가족들한테 자주 들었다.

"이거랑 니들이 스마트폰으로 하는 게임이랑 똑같이 취급하지 말라고."

나는 VR 플랫폼 쪽을 보면서 말했다.

가상이라고 해도 플레이어는 실제로 뛰고, 조준하고, 쏜다.

게다가 도쿄 마●이의 최신형 건콘은 내부의 노리쇠가 움직이는 반동까지 제대로 재현해 놨다. 하는 일은 실제 전장과 다를 게 없다. 어디까지나 그런 행위의 결과가 전자적으로 처리될 뿐이고.

"보라고, 이 군살 하나 없는 멋진 육체를! 적절한 근력과 유연성!"

사실 풀장비를 갖춘 SCAR-H 하나만 해도 5킬로그램 이상이나 된다. 그걸 휘두르는 것만 해도 힘든 일인데, 예비 탄창과 보조 무장인 H&K VP9 자동권총 같은 것까지 몸에 달고 다녀야 하니, 아무리 게임이라도 나름대로 체력이 필요하다.

"VR 게임을 얕보지 말라고! 피자랑 포테이토칩만 먹는 돼지 백수랑 똑같이 취급하지 마!"

그렇게, 혼자서 소리 지르는 나…… 아니 뭐, 최근 며칠 동안에는 나도 포테이토칩이 주식이었지만!

"아무튼, 오늘은 꼭 한 마디 해주겠어. 밥도 그렇고, 나한테 하고 싶은 말이 있으면 음식 가지고 장난치지 말고 직접 말하라고!"

시계를 보니 아침 7시. 슬슬 아침 먹을 시간이다.

우리 가족들은 부모님도 동생도 꽤나 부지런한 성격이다. 사실은 로봇이나 NPS가 아닌가 싶을 정도로 항상 정확하게, 같은 시간에 아침 식사를 한다.

그리고 어머니도 같은 시간, 같은 장소에 내 식사를 가져다둔다.

마치 함정에 빠져 달라고 말하는 것처럼.

오늘은 소리를 좀 질러서 놀라게 해줘야지. 아무래도 썩어 문드러진 밥을 가져다 줬으니 그 정도는 해도 되겠지.

나는 보복하기로 결심하고, 문 앞에 서서 귀를 기울였다.

'좋았어, 온다.'

계단을 올라오는 발소리가 몇 번.

그리고—— 복도를 한 걸음, 또 한 걸음, 천천히 다가오는 발소리. 밥그릇과 접시가 달그락거리는 소리도 들린다. 틀림없다. 어머니가 아침 식사를 가지고 오는 소리다.

좋았어, 그대로, 그대로…… 그대로…………… 지금이다!!

"뭐야! 장난하자는 거야!"

화를 내면서—— 문을 열었다.

잘 생각해보니 어머니 얼굴을 보는 것도 거의 한달 만인가.

탑 랭커가 되기 위해서, 온갖 잡음을 차단하고 게임에만 매진했으니까.

"왜 썩은 밥을 주…… 는……?"

하지만 오랜만에 본 어머니의 얼굴은 내 생각과 조금—— 아니, 상당히 달랐다.

"……어, 뭐, 뭐야? 그 꼴은?"

나도 모르게 그렇게 물었다.

우리 어머니는 원래 그다지 안색이 좋은 편이 아니지만…… 지금은 창백한 정도를 넘어서 완전히 흙빛이다.

눈은 공허하다고 할까 완전히 탁한 색이고, 게다가 무슨 피부병이라도 걸렸는지 왼쪽 눈 주위가 엄청나게 짓물러

있다. 피 같기도 하고 고름 같기도 한 뭔가가 눈물처럼——
왼쪽 눈에서만 흘러내려 왔고, 그것이 옷깃과 앞치마에 커
다랗게, 기분 나쁜 얼룩을 만들고 있다.

아니. 그 정도면 다행이다.

자세히 보니 마찬가지로 핏기가 없는 목에 큰 상처가 나
있었다. 피부가 일어나고, 훤히 드러난 빨간 피하조직이
기분 나쁜 얼룩무늬를 그리고 있다.

이건 마치—— 마치.

"저기, 오늘이…… 핼러윈이던가?"

"으어어……."

그렇게 물은 나한테, 낮게 신음하는 소리를 내며 다가오
는 어머니.

손에는 아침 식사를 올려놓은 쟁반을 든 채로.

"뭐야 그거, 좀비야? 좀비 흉내야? 꽤, 괜찮은데……!"

"으어어어어어어어……."

어머니가 크게 입을 벌리고 외쳤다.

잠깐. 그거 정말로 말을 하려는 거야?

"좀비 흉내는 그만하라고!"

뒷걸음질 치면서 그렇게 호소했다.

하지만 어머니는 상관하지 않고 아침 식사 쟁반을 든 채
로 다가왔다. 무섭다. 뭐야 이거. 뭐냐고. 낯익은 앞치마
차림으로, 낯익은 그릇과 쟁반을 들고, 낯익은 내 방에서,
그런데, 다르다. 결정적으로 다르다. 어머니는 이미——

"그러니까, 저기 말이야, 화, 화났어?"

아니잖아. 대체 무슨 소릴 하는 거야.

"으어어어어……."

"아니, 저기, 알았어, 알았다고, 내일부터 학교 갈게! 간다고!"

"으어어어어……."

"게임? 게임 말이지? 알았어, 게임도 하루에 한 시간만, 알았으니까 그거 그만해? 응?! 알았지?!"

아마도, 이미, 그런 문제가 아니다.

내가 제시한 양보 조건에도 아무런 반응도 없이, 어머니의 전진은 멈추지 않는다. 당연히 나는 그다지 크지도 않은 내 방 안으로 몰리게 됐다.

"오, 오지 마! 자꾸 장난치면 이걸로 때린다?!"

그렇게 외치면서, 건 콘트롤러를 들고 가정 폭력을 선언했지만——

'뭐야 이거, 나, 아직도 게임 속에 있는 건가?!'

이게 게임이라면, 방아쇠만 당기면 끝이다.

하지만 여기는 현실이고, 우리나라에 있는 우리 집이고, 내가 들고 있는 건 진짜 총이 아니라 건 콘트롤러다. 무게나 반동은 진짜처럼 재현했어도, 총구에서 총알이 발사되지는 않는다.

나는 울먹이면서도 SCAR-H를 치켜들었다. 열심히 위협했지만, 그래도 어머니는 멈추지 않았다. 솔직히 저 하얇고 탁한 눈으로 날 보고 있기는 한 건지도 수상하다.

"빌어먹을! 대체 뭐냐고!"

경고하기는 했지만, 아무래도 5킬로그램에 가까운 둔기로 부모님을 때릴 수도 없어서, 나는 파리라도 쫓는 것처럼 SCAR—H를 마구 휘둘러서 위협했다.

하지만 그 안으로—— 어머니는 주저하지 않고 걸어왔다.

퍽, 하는 정말로 기분 나쁜 느낌과 함께 앞으로 고꾸라지는 어머니. 손에든 쟁반 위에 있던 아침밥들이 덜그럭덜그럭 소리를 내면서 바닥에 떨어졌고, 역시나 썩어 있던 음식들이 바닥에 뿌려졌다.

"아, 미⋯⋯⋯⋯⋯ 어?!"

어머니는—— 쓰러지지 않았다.

목이 비스듬히 기울고, 앞으로 숙인 자세인 채로, 하지만 팔만 다른 생물처럼 움직여서 내 건 콘트롤러를 움켜쥐었다. 게다가 그대로, 말도 안 되는 힘으로 그것을 빼앗았다.

"아야⋯⋯ 뭐, 뭐야, 이 말도 안 되는 힘은⋯⋯?!"

곤봉처럼 쥐고 있어서 다행이었다.

경솔하게 제대로 잡고 있었다면 방아쇠울에 집게손가락이 걸려서 부러졌을지도 모른다. 그만큼 엄청난 힘으로 잡아당긴 것이다.

"으어어⋯⋯!"

"⋯⋯⋯⋯?"

정말 무서울 때는 비명소리도 안 나온다는 걸, 이때 처음으로 알았다.

엉망진창으로, 이가 몇 개 빠진── 하지만 그 덕분에 남은 몇 개가 톱날처럼 보이는 턱을 한껏 벌리고, 어머니였던 것이 나한테 다가왔다.

'잡아먹으려고?! 정말로 날 잡아먹으려는 거야?!'

본능이 열심히 빨리 도망치라고 소리를 질러댔지만── 대체 어디로?!

유일한 출입구는 어머니 뒤쪽에 있고, 창문으로 도망치려고 해도 2층에서 뛰어내릴 배짱은 없었다. 우리 집은 도둑을 막기 위해서 담장 위에 뾰족한 철책을 달아놨기 때문에, 잘못 떨어지면 거기에 찔리게 된다.

'아, 젠장! 이거 이상한 꿈 아냐?!'

아니면 새로 나온 좀비계 FPS게임인가?! 내가 아직도 고글을 쓰고 있는 건가?!

"크어아아아아아아!"

"오, 오지 말라고!"

소리치면서, 내 몸에 장착하고 있던 택티컬 파우치 안에 있는 예비 탄창과 보조 무장인 H&K VP9 자동권총을 집어던졌다. 그게 떨어지면 책장에 있는 책이나 떨어져 있던 페트병, 쓰레기도 던졌다. 내가 할 수 있는 일이라고는 그것뿐이었다.

"젠장! 오지 마! 나가! 나가라고!"

집어던진 페트병── 내용물이 남아 있었는지, 거기서

나온 액체가 바닥과 가구에 뿌려지는 모습이 보였다. 빨리 닦아내지 않으면 얼룩이 질 텐데, 당연히 그런 짓을 할 여유는 없고.

'위험해, 이젠 던질 게 없어!'

끝장이다! 하지만, 그때——!

——번쩍!!

"으억?!"

갑자기 시야 한쪽에서 격렬한 불꽃이 튀었다.

"어? 무, 무슨 일이——."

"자세히 보니 어머니의 발이 물, 그리고 먼지를 뒤집어쓴 멀티탭을 밟고 있었다.

혹시 누전—— 어머니가 감전된 건가?

"으어어, 어으으, 아으, 어으, 으어어어어어!"

맞아도 아파하지 않았던 어머니가 부들부들 떨면서 더듬더듬 울부짖었다.

혹시 그건가—— 고통을 참는 게 아니라 감전 때문에 근육이 멋대로 수축해서 움직일 수 없는.

그리고—— 다음 순간.

"——!"

펑, 소리를 내면서 멀티탭이 불을 뿜었다.

그 폭발하는 것 같은 발화가 어떤 균형을 무너트렸는지

—— 어머니는 처음으로 몸이 기울어지더니, 그대로 책장 쪽으로 쓰러졌다.

아니. 그게 책장이었던 건 2년 전까지. 지금은 필요 없는 물건 같은 것들을 말 그대로 대충 쌓아두기 위한 선반이 돼 있었고, 구형 건 컨트롤러 등이 들어 있는 상자들이 잔뜩——

"어, 엄마?!"

차례로, 책장 위에 쌓여 있던 상자들이 무너져서 머리 위로 떨어지는 중에…… 뭔가 딱딱한 것이 부서지는 이상하게 징그러운 소리가 내 귀에 들렸다.

"……엄마?"

흩어진 짐과, 그리고 마지막 마무리라는 것처럼 쓰러진 책장에 깔려서—— 간신히 하반신만 보이는 어머니를, 조심조심 불러봤다.

"저기, 괜찮아? 괜찮……."

그럴 리가 없다. 두 발이 바들바들 경련하는 동안에도 짐 밑에서 선혈이라고 부르기에는 너무나 시커먼 액체가 흘러나와서 방바닥에 번지는 모습이 보였다.

"…………."

죽었나?

아냐. 의문을 가질 일이 아니다. 머리가 뭉개져서 살아 있는 사람은 존재하지 않는다. 존재하지 않는다는 건 알고 있다. 하지만, 애당초——

"살아…… 있었나?"

그런 상태가 될 때까지, 병원에도 안 가고 썩은 밥을 가지고 오다니…… 살아 있는 사람의 사고와 행동이 아니다. 으어어어── 하는 소리밖에 못 냈고, 움직이기는 했지만 뭐랄까, 『살아 있는 사람』과는 분명히 다르다고 할까, 생기라는 것이 아예 사라져버린 것 같은 분위기였다.

"뭐냐고 이거…… 내가 꿈이라도 꾸는 건가?"

그렇게 물었지만, 당연히 책장 밑에 깔린 어머니가 대답해주는 일은 없었다.

●

"이봐, 누가! 누가 좀 와봐──."

어머니 사체 앞에서…… 얼마나 오랫동안 멍하니 서 있었을까.

정신을 차린 나는 도움을 청하며 계단을 내려갔다.

아니. 망연자실한 상태에서는 회복됐지만, 여전히 혼란스럽다.

잘 생각해보니 조금 전의 상황은 어머니의 이상한 모습만 빼면 『방구석 폐인 아들이 가족의 괴롭힘에 화를 내서 어머니를 죽였다』는 것처럼 보일 뿐이다. 괜히 누구한테 도와달라고 해봤자 어머니가 다시 살아날 리도 없고, 내가 존속 살인범으로 경찰에 체포될 뿐이고, 아무런 이익도 없다…… 그런 판단조차도 못 하고 있었다.

그래서── 그런 상태인 어머니가 썩은 아침밥을 준비하는 동안 다른 가족들을 뭘 하고 있었는지, 이상하다는 걸 알아차리지 못했는지, 그런 생각도 못 했다. 정말 멍청한 얘기지만.

"아…… 아버…… 지……?"

앞서 말한 대로, 우리 가족들을 나만 빼고 모두들 유난히 부지런하다.

아버지는 항상 출근하기 전의 이 시간에 구두를 닦으신다. 매일 걸어 다니느라 다 닳아버린 너덜너덜한 구두인데, 아직 괜찮다면서 열심히 닦는 모습이 인상적이었다.

그리고 오늘도 아버지는 그 너덜너덜한 구두를 열심히 닦고 있다.

그 뒷모습은 평소와 다를 게 없다──…….

"으어…… 어어어……."

어머니가 내던 것과 비슷한, 낮은 소리를 내고 있다는 것만 빼면.

"……말도 안 돼."

다행이 아버지는 날 알아차리지 못한 것 같다.

발소리를 죽이고 현관 옆에 있는 거실로 가서── TV 앞에 앉아 있는 동생 요시아키를 목격했다.

"……야…… 저기?"

얌전히, 바른 자세로 앉은 채로 TV를 보고 있는 동생은 내가 불러도 반응하지 않고, 고개를 돌리지도 않고—— 속 편하게 어깨를 들썩이며 웃고 있는 것 같았다.

"왜 TV나 보고 있는 거야, 어머니랑 아버지가 이상하잖아, 너 뭔가⋯⋯."

하지만⋯⋯ 바로 알아차렸다.

TV화면에는 아무것도 나오지 않았다. 새카만 채로—— 한쪽 구석에 작은 글씨로 「전파를 수신할 수 없습니다」라는 표시만 나와 있다.

"⋯⋯⋯⋯."

나는 이번에도 발소리를 죽이고 요시아키에게 다가갔다.

그러자—— 어깨를 들썩이며 웃고 있다고 생각했던 동생의 손 앞쪽에 뭔가 빨간 것들이 여러 개 떨어져 있는 게 보였다.

그것이 『먹다 남은 것』이라고 알아차리는 데 몇 초가 걸렸다.

동생의 발밑에 굴러다니는 것이 우리 집에서 기르는 개⋯⋯ 시바견 마론이 차고 있던 목줄이라는 걸 알아차리는 데 또 몇 초가 걸렸다.

"뭐야 이거⋯⋯ 야⋯⋯."

말은 그렇게 했지만, 여러모로 납득한 것도 있었다.

부모님이 전부 저렇게 됐는데, 중학생인 동생만 무사할 리가 없다.

나는 그대로 뒷걸음질 쳐서 요시아키한테서도 떨어졌고, 부엌 쪽으로 갔다. 부엌 쪽 뒷문으로 나갈 생각이었다. 이런 집안에는 1초도 있고 싶지 않았다. 도망쳐서 어디로 갈지── 는 생각도 못 하고.

"……윽?!"

부엌에 들어간 순간── 가득 차 있는 악취 때문에 얼굴을 찌푸렸다.

"뭐야 이 냄새는……!!"

부엌 곳곳에 피와 살점이 뿌려져 있고, 활짝 열린 냉장고에서는 강렬한 썩은 내가 흘러나오고 있었다. 썩은 음식 한두 가지로 날 냄새가 아니다.

이러니 내 밥도 썩었지.

애당초 이 집안에 썩지 않은 식재료가 있지도 않겠지.

"……."

입과 코를 막고 주위를 둘러보니── 식칼이 놓여 있었다.

일단 아무것도 없는 것보다는 나을 거라는 생각에 손으로 집었더니, 거기에 붙어 있던 살점들이 뚝뚝 떨어졌다. 스테인리스 칼날인데 여기저기 녹도 슬었고. 아마도 며칠 동안 씻지도 않고 그냥 놔뒀겠지.

사흘? 닷새? 우리 집이 언제부터 이렇게 된 거지?

"토할 것 같다……."

그렇게 중얼거린 그때…… 뒤쪽에서 소리가 났다.

"으어어어……!"

들켰나?!

낮은 신음소리를 듣고 고개를 돌려보니—— 아버지와 동생이 두 손을 앞으로 내민 채 이쪽으로 다가오는 모습이 보였다. 설마 겨우 방에서 나온 아들을, 형을, 안아주려고 —— 그런 귀여운 생각 할 때가 아니잖아.

"오, 오지 마! 더 이상 가까이 오면, 찌른다!"

칼을 들이댔지만, 그놈들은 전진을 멈추지 않았다. 어머니 때와 마찬가지다. 다치는 것이나 고통을 두려워하지 않는, 아니, 애당초 내 경고를 이해하지 못하는 느낌이었다.

하지만——

"으어어…… 어으어…….."

"으어어, 으으어, 어어어…….."

퍽퍽, 둔한 소리가 들렸다.

둘이 동시에 부엌에 들어오려다가 서로 몸이 걸린 것이다. 내가 먼저, 정도가 아니라 자기 말고는 눈에 보이지도 않는 것 같다. 마치 밖으로 나가려고 계속 유리창에 부딪치는 날벌레 같다.

"하…… 하하…………! 뭐 하는 거야! 바보 아냐!!"

그 얼빠진 모습에 나도 모르게 웃음이 나왔다.

웃는 수밖에 없었다. 뭐냐고 이거. 대체 무슨 일이야. 누가 설명 좀 해줘! 으어어어만 하지 말고!

나는 일그러진 얼굴로 한바탕 웃었다—— 그리고.

"——흐억?"

뿌득뿌득 소리를 내며 억지로 부엌에 들어오려 하는 두 사람을 보고, 나도 모르게 비명을 질렀다. 억지로 몸을 구겨 넣고, 벽을 부수고, 뼈가 부러지고, 살이 깎여나가면서, 그래도 나한테 다가왔다

이놈들, 역시나 인간은 고사하고 생물이라고 할 수도 없다. 자기 몸을 망쳐가면서까지 억지로 좁은 곳에 들어오려고 하다니—— 그런 생물은 없다. 난 모른다.

"젠장…… 이런 말도 안 되는 일이…….″

어느 날 게임을 그만두고 밖에 나와 봤더니 가족이 좀비가 되어 있었습니다.

이런 바보 같은 얘기를 누가 믿어주겠냐고?!

"젠장……!″

여전히 사이좋게 서로 밀쳐대고 있는 두 사람을 마지막으로 흘끗.

그리고 나는—— 뒷문을 열고 집 밖으로 탈출했다.

●

이제 와서 체포당하는 걸 두려워 할 상황이 아니다.

나는 기억을 더듬어서 집에서 제일 가까운 파출소로 달려갔다. 뛰어가면 3분 정도 거리에 있었던 걸로 기억한다. 전화로 신고하는 것보다 훨씬 빠르다.

하지만——

"…………?"

정말 오랜만에 보는…… 평범한 동네 풍경.

그 속을 뛰어가면서, 한 가지 의문이 머릿속에 떠올랐다.

아무도 없다. 사람이 하나도 안 보인다. 아침이라는 걸 생각해도— 아니, 아침 출근이나 통학 시간이니까, 길에 아무도 없다는 게 너무나 부자연스럽다.

한마디로 그건——

"아냐, 설마, 그럴 리가."

나 자신에게 그렇게 말하면서 뛰어갔다.

그런 바보 같은 일이 여기저기서 일어날 리가 있겠냐고.

조금 지나서—— 길 한쪽에 설치된 파출소가 보였다.

"이봐요! 누구! 누구 없어요!?"

뛰어 들어가면서 그렇게 외쳤지만 대답은—— 없다.

순찰이라도 나간 걸까, 아니면 애당초 아무도 없었던 걸까. 이래서 파출소가 제 역할을 할 수 있을지 정말 의문이다. 최근에는 밤중에 수상한 사람을 마주치면 일단 편의점으로 들어가는 게 제일 올바른 자위수단이라고 하던데.

약간 망설이면서도, 파출소 안으로 들어갔다.

"이, 일단, 여기라면 안전——."

그렇게 나 자신을 달래며, 조용히 문을 닫고 자물쇠를 잠갔다

그때—— 안쪽에서 툭, 하고 뭔가가 떨어지는 소리가 났다.

"혹시, 휴게실에 누가 있나?"

파출소 안쪽에는 경찰들이 교대로 자기 위한 방이 있다고 들은 적이 있다.

원래는 일반인이 들어가면 안 되는 곳이겠지만, 나는 카운터 옆으로 돌아서 안쪽으로 들어갔다. 혼나더라도 좋다. 아무튼 한시라도 빨리 안심했으면 싶었다.

하지만——

"……!"

안쪽 문을 열었더니, 그 강렬한 썩은 내가 날 맞이했다.

이 시점에서 재빨리 뒤로 돌아서 도망쳐야 했을 것이다. 하지만 아무래도 여러 번 이런 일을 보다보니 놀라는데도 익숙해졌는지, 아니면 내 머릿속 나사가 몇 개 날아가 버린 건지—— 하필이면, 나는 안쪽 상황을 확인하려고 더 깊이 들어가고 말았다.

"…………."

제복을 입은 경찰은 내 앞에서 웅크리고 앉아서 뭔가를 씹고 있었다.

쩝쩝. 쩝쩝. 쩝쩝. 쩝쩝.

천박하고 동물 같은 소리를 내며 식사를 하는 쩝쩝이 경찰.

그리고 그 옆에는…… 예전에 나도 다녔던 학교 교복을 입은 여학생의 시체가, 굴러다니고 있었다. 그래. 시체다. 틀림없이. 배 부분에 커다란 구멍이 뚫려 있다. 마치 나무

줄기에 난 구멍처럼, 뻥하고. 이미 피도 흘러나오지 않는 걸 보면 심장이 멈춰 있다고 봐야겠지.

배의 구멍에 있어야 할 소녀의 내장은 지금, 경찰의 손에—— 그리고 아마도 배 속에 있다.

'……까딱 잘못하면…… 내가 이렇게 됐으려나……?'

자세히 보니 여학생 옆에도 시체가 두 구 정도 더 누워 있다. 하나같이 목과 배 같은 치명적인 부분을 물어 뜯겼고, 이미 피도 말라붙었다………… 하지만, 그런 것들이, 덜그럭덜그럭 턱을 움직이는 모습도 보였고.

"이…… 이 자식들."

안 죽었어. 이 자식들 전부, 안 죽었어!

아냐, 죽었어, 분명히 죽었어, 안 죽은 건 이상해, 하지만 안 죽은 것처럼 움직이고—— 아, 젠장 미치게 복잡하네?!

아마도 이 사람들은 나처럼 경찰한테 도움을 요청하려고 했지만 결국 괴물 소굴에, 아니, 상대의 식탁 위로 올라온 꼴이 된 것이다.

뭐야 이 상황은!?

혹시 나도, 지금 내 눈앞에 있는 여학생처럼 좀비 먹이가 되는 건가? 아니면 적당히 여기저기 뜯어 먹힌 뒤에 좀비가 돼서 돌아다닌다든지?

'도…… 도망쳐야…….'

나는 움직이는 시체를 자극하지 않도록 발소리를 죽이

며 천천히 뒤로 물러났다.

조심해야 할 상대는 일단 사지가 멀쩡해 보이는 경찰 좀비뿐이다. 나머지는 여기저기 뜯어 먹힌 탓인지 아니면 『되다 만』 탓인지 경련하는 것처럼 움직일 뿐이고, 아직 일어나기도 힘들어 보인다.

들키지 마라. 제발 들키지 마라. 착하지, 그대로 가만히 밥이나 먹고 있어라.

기도하는 심정으로 마음속에서 중얼거리며, 더 뒤로 물러났고——

——～～～～～～～～～ ♪

"으악?!"

이런. 이상한 소리가 나왔다.

내 주머니에 넣어뒀던 스마트폰에서, 시키지도 않았는데 『스트래글 필드』의 오프닝 테마가 흘러나오기 시작했다.

'알람……!'

온라인 게임에서—— 인터넷상에서 다른 사람과 만나기로 약속하는 경우도 있어서, 매일 몇 번씩 시간을 알리는 알람을 설정해뒀다. 그게 울려버린 것이다.

황급히 끄려고 했지만 이미 늦었다.

"…………으어어."

경찰이었던 것이 천천히 이쪽을 돌아봤다.

'최악이다……!'

급하게 뒷걸음질 쳤지만 그 자리에 방치돼 있었던 파이프 의자에 발이 걸렸고, 넘어져 버렸다. 더 최악이다. 바로 일어나려고 했지만, 다리가 풀렸는지 힘이 들어가지 않았다.

위험해! 위험해, 위험해, 위험해!

"오, 오지 마! 오지 말라고!!"

검붉은 피로 물든 입을 크게 벌리고, 경찰이 내 쪽으로 다가왔다. 경찰 자체의 썩은 내 나는 숨결이, 내 얼굴에 닿아서……

"으어어어어어어어……."

여기까지인가? 나, 이런 데서 죽는 거야?!

이런 데서— 게임 오버야?! 싫어…………!

"으어어어어어어……………………………………… 어
걱."

다음 순간—— 경찰의 입에서 나오던 소리가 멈췄다.

"——어?"

무서워서 감고 있던 눈을 조심조심 떠봤더니, 경찰의 머리에서 삽자루가 튀어나와 있었다.

아니다. 튀어나왔다고 할까 뭐라고 할까. 이건 박혔다고 봐야겠지?

"…………."

솔직히 말해서── 몇 초 동안 무슨 일이 일어났는지 이해할 수 없었다.

경찰. 머리. 삽. 아니, 내 눈에 보이는 그대로지만 말이야.

삽의 평평한, 흙을 뜨는 부분── 날이라고 불리는 그것이 왼쪽 관자놀이 쪽에서 들어와서 마치 진짜 칼날이라도 되는 것처럼 경찰의 머리를, 얼굴을, 중간까지 두 쪽으로 갈라놨다.

"뭐……. 으어어?!"

뿌직뿌직, 시커먼 피를 뿌리면서, 머리에 박혀 있던 삽이 빠져나갔다.

삽으로 경찰의 머리를 찌른 누군가가 흉기를 뽑은 것이겠지. 아무래도 머리를 갈라버리면 활동할 수 없는 건지, 경찰 좀비는 그대로 옆으로 쓰러졌다.

그 뒤에 서 있던 사람의 모습이 보인다──

"여자……?"

그렇다. 여자였다.

아마도── 나이는 10대 후반, 나랑 비슷한 또래겠지.

아마 보브 커트라고 하던가? 버석버석한 머리를 여자치고는 조금 짧게 자른 탓인지, 보이시한 느낌이 든다. 하지만 그다지 활발한 느낌이 들지 않는 건 빨간색 뿔테 안경을 쓰고 있기 때문이려나.

핑크색 머리핀을 달고 있는 건, 뭐, 여자답다── 하지만 자세히 보니까, 이거 대체 뭐야? 처음엔 귀엽게 그린 돼지인줄 알았는데, 자세히 보니 한쪽 눈이 해골바가지처럼 시커멓고, 까만 눈물도 흘리고, 뭔가 뇌 같은 것까지 보이는 느낌인데…… 이거, 혹시 좀비 모양인가? 취미도 이상하네?!

얼굴은 예쁘고, 턱은 가늘고, 안경 렌즈 너머에 있는 눈도 크고…… 틀림없이 가련한 소녀의 얼굴이었다. 있는 그대로 말하자면, 꽤 예쁜 미소녀가 거기에 서 있었다.

"…………."

하지만 그 예쁜 외모와 반대로, 소녀는 익숙한 동작으로 경찰의 머리에서 뽑은 삽을 어깨에 메는 것처럼 들어 올리더니―― 가로 방향으로 풀 스윙.

서걱.

그런 소리를 내면서, 경찰의 머리가 몸에서 분리된 것은 바로 그다음 순간의 일.

"…………!"

갈라진 부분에서 뇌가 삐쳐 나온 경찰의 머리가 벽에 부딪쳐서 튕기고, 내 발 쪽으로 굴러왔다. 어느 정도 적응했다고 생각했지만, 도를 넘은 스플래터 장면을 보니 비명조차 나오지 않았다.

"…………."

그에 비해 소녀는…… 예쁜 얼굴은 여전히 무표정한 상태로 몸을 빙글 돌리고는, 경찰이『먹다 남긴』것들을 향해서 기계적으로 삽을 내리쳤다. 서걱, 서걱, 서걱, 리드미컬

할 정도로 경쾌하게, 피와 살과 뼈를 한 번에 파괴하며 참수하는 소리가 울리고, 피가 튀었다.

"우, 우와……!!"

계속 울려대는 『스트래글 필드』의 음악 소리와 어우러지면서—— 그야말로 스플래터 영화의 트레일러를 보는 것 같은 기분이 들었다.

마침내 좀비의 목을 전부 몸통에서 분리하고 머리도 뭉개버린 뒤에, 소녀는 몸을 돌려서 날 쳐다봤다.

그대로 손에 든 삽을 치켜들고——

어…… 잠깐…… 뭐야, 이 자식, 내 목까지 날려버리려는 거야?!

"자, 잠깐, 잠깐마아아아아안———!!"

"…………."

내 한심한 비명소리에—— 소녀의 손이 멈췄다.

삽날이 내 앞머리에 닿아 있다. 으아…… 이 자식 망설임이라고는 하나도 없잖아. 실력이 너무 좋아. 프로인가? 아니, 무슨 프로냐고 물으면 나도 대답은 못 하지만.

내가 약간 혼란 상태에 빠져서 그런 생각을 하고 있는데.

"……신종인가?"

소녀가 고개를 갸웃거리고, 그런 소리를 중얼거렸다.

"뭐……?"

신종? 무슨 소리야?

"말하는 좀비도 전례가 없는 건 아니야…… 하지만…….."

소녀는 일단 삽을 내리고, 왼쪽 손바닥을 자기 입에 대고는 혼자서 뭐라고 중얼거리고 있다. 여전히 무표정한 얼굴로. 무서워. 엄청 무서워. 어쩌면 좀비보다 더 무서워.

얘는 대체 뭐지?

"…………역시, 혹시 모르니까 머리를 부수자."

"아냐, 좀비 아니라고! 살아 있다고! 하지 마!"

다시 삽을 치켜든 소녀를 보며 소리쳤다.

"………….."

소녀는 여전히 무표정한 얼굴로.

잠시 그 안경 렌즈 너머에 있는, 커다란 눈을 몇 번이나 깜박거리며 날 보고는——

"정말?"

조용한 목소리로 말했다.

……약간 아쉬워하는 것 같은데, 기분 탓일까?

"다행이네. 괜찮아?"

어색하게, 그렇게 말했다.

역시나 얼굴에는 표정이 없어서 마음이 담기지 않았다고 할까, 묘하게 뻔뻔해 보인다.

"『괜찮아』는 얼어 죽을?! 지금 같이 죽이려고 했지?! 그리고 여전히 삽으로 날 조준하고 있잖아?!"

게다가 아직까지 믿지 않는 것 같다.

소녀는 역시 약간 아쉬운 기색과 함께 나와 삽을 보고

있었지만 어쩔 수 없다는 느낌으로, 겨우 그 흉기를 치워줬다.

"살아 있는 사람은 못 만날 거라고 생각했거든."

그렇게, 변명하는 것처럼 말했다.

뭐……? 살아 있는 사람을 못 만날 것 같았다고? 그거 한마디로…….

"……그 음악. 시끄러워."

소녀는 내 주머니를 가리키며 그렇게 투덜댔다.

"어, 아, 으, 응…… 그러네."

스마트폰을 꺼내고—— 또 울릴지도 모른다는 생각에 전원을 꺼버렸다. 알람은 그렇다 치고, 누가 전화를 걸거나 메시지가 도착하면 또 요란한 소리가 울릴 테니까. 게다가 그건 언제 울릴지도 모른다.

"잠깐 이거 들고 있어."

갑자기 살점과 피가 걸쭉하게 묻어 있는 삽을 내밀었고, 반사적으로 받아들었다. 보기보다 무거운데, 그 덕분에 여자라도 사람—— 좀비 두개골을 박살 낼 수 있었나.

그건 그렇다 치고—— 뭐지? 이번엔 뭘 하려는 거야?

주의 깊게 지켜보는 내 앞에서, 소녀는 쓰러진 경찰의 허리춤에 있는 권총을 뽑았다

"자, 잠깐만. 그건 안 되지."

"왜?"

"왜긴, 그러면 안 되잖아? 일반인이 총을 가지고 다니면

잡혀가——."

"누구한테?"

"누, 누구긴, 그야 경찰……."

발밑에 쓰러져 있는 경찰을 보고, 이제 와서 상황이 얼마나 심각한지 이해했다.

"이거, 총알 남아 있나?"

그렇게 말하고, 갑자기, 망설이지도 않고 총구를 들여다보는 소녀—— 나도 모르게 삽을 집어던지고 총을 빼앗았다.

"바보야! 하지 마! 죽고 싶어?!"

"새치기하지 마."

"새치기는 무슨! 총구를 들여다보는 건 자살행위라고!"

"방아쇠만 안 당기면 괜찮아."

"아니, 그러니까 폭발이라는 건…… 아, 젠장, 귀찮아……잘 들어, 이 총은 탄이 있는지 확인하려면——."

그렇게 말하면서 빼앗은 총을 확인했다.

'이건 아마…….'

S&W의 M360J다. 별명은 〈사쿠라〉였지.

미국의 M36 〈치프 스페셜〉을 바탕으로 사양을 변경해서, 일본 경찰용 랜야드 링…… 그러니까 끈을 걸기 위한 고리를, 혼잡이 바닥 부분에 달아놓은 물건이다.

2인치밖에 안 되는 짧은 총열. 5연방 회전식 탄창. 전형적인 『경찰아저씨 권총』이다.

예전에 했던 경찰계 FPS에서 〈치프 스페셜〉을 써본 적이 있어서 조작 방법은 알고 있다. 리볼버는 같은 회사 물건이면 조작부터 분해 방법까지 거의 비슷하니까.

"알았어? 일단 여기 손잡이를 당기는 거야. 앞쪽—— 총구 쪽으로."

그렇게 잘난 척 말은 했지만, 나도 진짜를 다루는 건 처음이지만.

옆에 있는 고정쇠를 누르면서, 손목 스냅을 이용해서 살짝 흔들어 줬더니 회전 탄창이 옆으로 튀어나왔다.

"아, 그렇구나……."

흥미롭게 내 손을 보면서 말하는 소녀.

아무래도 좀비 대책에 대해서는 잘 알아도 총은 잘 모르는 것 같다.

"그래서, 총알은 남아 있어?"

"음…… 아, 다섯 발 들어 있어."

회전탄창 안에는 다섯 발, 전부 장전돼 있다. 탄피 뒤쪽의 신관 부분에도 타격 흔적이 없으니까, 아직 사용하지 않았다는 걸 알 수 있다. 아마도 그 경찰은 쏠 틈도 없이 좀비가 돼버렸겠지.

"그래."

그 말을 듣고, 소녀는 망설임 없이 내가 들고 있던 〈사쿠라〉를 가져갔다.

뭐야 이 녀석은……? 여러 가지 의미로 전율하고 있었더니——

"——신발."

소녀가 내 발을 가리키면서 그렇게 말했다.

"뭐……?"

"신발, 신지 그래? 아니면, 맨발이 좋아?"

"뭐? 신발?"

소녀의 지적을 듣고, 비로소 내가 맨발이라는 걸 알았다.

'맨발이라는 것도 모를 정도로 동요했었구나…….'

어느 날 갑자기 가족들이 전부 좀비가 됐습니다. 기르던 개는 동생이 잡아먹었습니다. 저도 아까 어머니에 이어서 아버지와 동생한테 물릴 뻔했습니다.

뭐………… 동요하는 게 당연하지.

솔직히 나는 가족들과 사이도 좋지 않았고, 여러모로 감각이 마비됐는지 그다지 슬프거나 힘들다는 기분은 없었지만——

"괜찮아, 가져가도 뭐라는 사람 없어."

소녀는 아주 당연하다는 것처럼 방에 있는 로커를 뒤지기 시작했다.

이 녀석, 여러모로 주저할 줄을 모르네! 전생에 판타지 RPG에 나오는 용사였나? 다른 사람 집에 들어가면 제일 먼저 옷장을 뒤져서 약초를 찾는 그런 캐릭터였나?

"쓸 수 있는 걸 쓰는 게 서바이벌의 기본."

"뭐 그렇긴 한데…… 그럼…… 좀 켕기는 기분이 들긴

하지만."

계속 맨발로 있을 수는 없으니까.

나도 소녀를 따라서 로커를 뒤졌다. 로커는 나한테 양보할 생각인지 책상 서랍을 뒤지면서, 소녀는 담담한 투로 말했다.

"쓸 만한 물건은 전부 회수. 총알이나 먹을 것."

"탄약을 이런 로커나 책상 서랍에 넣어둘 리가 없잖아, 무슨 게임도 아니고."

"그래?"

"진심으로 하는 소리야?"

여러모로 상식이 없잖아.

경찰이 열쇠로 잠그지도 않는 장소에 총이나 탄약을 넣어둘 리가 없다.

"하지만 영화에서는 종종 책상 서랍이나 차 대시보드 같은데."

"그건 미국 영화니까."

그런 이야기를 하는 중에—— 다행히도 로커 안에서 사이즈가 맞는 부츠가 나와서 그걸 신기로 했다.

"저기…… 너 말이야."

부츠 끈을 묶으면서 말했다.

"……왜?"

"이름, 가르쳐줘. 난 데와 히로아키. 넌?"

"오토와…… 쥬도 오토와. 오토와라고 불러줘."

경찰의 허리에서 뽑은 진압봉을 손에 들고 무게를 확인해보면서 말하는 소녀.

'정말 뭐 하는 녀석이냐고!'

그것이 나와— 그리고 믿음직하면서도 기묘한 『좀비 프로』 쥬도 오토와의 첫 만남이었다.

제 2 장   모든 것이 Z가 된다

솔직히 말해서—— 넋이 나가 있었다.

그래서 파출소에서 나온 뒤에, 갈 데도 없고 해서 오토와를 따라가기로 했다.

"집에 안 가도 되겠어?"

"난 그 집에서 도망 나왔다고."

최소한 이런 상황에서 혼자 있고 싶지도 않고, 무엇보다 오토와의 전투능력…… 보다는 좀비에 대한 대처 능력이 아주 마음 든든했기 때문이다.

오토와는 딱히 고민하지도 않고 내 부탁을 받아들였다.

"살아남은 사람이 만나서 같이 행동하는 것도 기본."

그런 소리를 중얼거리면서 무표정한 얼굴로 고개를 끄덕이는 오토와.

"기본? 무슨?"

"좀비 영화."

"……그러세요."

아무래도 이 소녀는 좀비 영화를 좋아하는 것 같다. 유난히 좀비에 대해서 잘 안다고 할까, 익숙한 느낌이 드는 것도 그것 때문일까. 창작물에 나오는 괴물과 현실을 혼동하는 건 위험해 보이기도 하지만——

'하지만 이 현실이 영화 그대로니까…….'

오토와의 말을 들어보니—— 세상은 이미 멸망했다는

것 같다.

그것도 최근 보름 사이에, 그야말로 좀비 영화를 빠르게 돌린 것 같은 기세로.

우리나라는 폭발적인 좀비 참사에 휘말렸고, 비상사태를 선언한 뒤로 겨우 일주일 만에 괴멸 상태에 빠졌다던가. 애당초 좀비가 어디서 발생했는지도 알아내지 못한데다, 동시다발적으로 발생한 좀비에 대처하지도 못했다는 것 같다.

사태 파악에 시간이 걸린 정부를 비롯한 각 공적 기관들은 기하급수적으로 불어난 좀비에게 유효한 수단을 취하지도 못하고, 겨우 사흘 만에 침묵.

나흘째에는 이미 살아 있는 사람보다 좀비가 더 많이 보이게 됐고, 죽은 채로 걸어 다니는 망자들은 그 숫자를 이용해서 동료들을 더 늘려갔다고 한다.

"외국은 어때?"

"……CDC에서 난리가 난 걸 TV에서 봤어."

"CDC? 어디서 들어본 것도 같은데——."

"센터즈 포 디지즈 컨트롤 앤드 프리벤션(Centrers for Disease Control and Prevention)…… 미국 질병통제예방센터."

"……."

"아마 미국도 똑같아. 유럽도."

"……세상에."

외부의 정보를 거의 차단하고 게임에만 몰두했던 나는,

세상에서 그런 난리가 났다는 것도 전혀 모르고 있었다.

어쩐지 최근 일주일 동안 게임에 들어오는 사람이 없더라니.

그럴 상황이 아니었겠지.

하지만—— 인간이 전멸했어도 네트워크 서버는 계속 돌아갔다.

최근에는 태양광 발전 패널이 보급된 데다가 전력을 스마트 그리드화한 덕분에, 여러 곳의 송전망을 통해서 전력을 공급하는 자동 시스템이 발달했다고 하니까, 결과적으로 게임에 평범하게 로그인할 수 있어서 세상의 격변을 전혀 알아차리지 못했다.

'……일주일 동안 틀어박혀 있었더니 세계가 괴멸됐습니다, 인가.'

너무 갑작스러운 전개 같지만…… 기독교의 하느님은 일주일 만에 만들었다고도 하니까, 그렇다면 부수는 것도 일주일이면 충분할지도 모른다.

어쨌거나—— 나는 지금부터 내가 어떻게 해야 할지, 아무것도 모르는 상황이다.

가족들은 전부 좀비가 됐고, 학교에도 안부가 궁금한 친구나 선생님은 딱히 없다. 방구석 폐인 게이머였던 나한테 『세상』이란 중학교 시절까지의 세상뿐이고, 그 뒤에는 인터넷의 가상세계뿐이다.

굳이 말하자면…… 친구로 등록한 『전우』들의 안부는 궁금하지만, 그 사람들이 현실에서 어디에 사는 누구인지, 두 명 정도를 빼면 전혀 모른다── 그 사람들이 내 콜사인인 『HOUND9』 말고는 거의 모르는 것과 마찬가지로. 알 필요도 없었고, 이제 와서는 알 방법도 없다.

어쨌거나 나는 죽고 싶지 않고, 좀비가 되는 것도 싫다.

하지만 지금 내가 혼자서 살아남기에는 정보가 너무 부족하다.

그래서…… 최근 며칠 동안 좀비가 활보하는 세상에서 어렵지 않게 살아남은 오토와랑 같이 다니면서 정보를 얻고, 살아남을 방법을 배우는 것이 현명한 판단이라고 생각했다.

"그나저나 지하에 이렇게 거대한 하수도가 있었구나……."

지금 우리가 걷고 있는 곳은 주택가 지하에 있는 하수도였다.

이곳은 인근 주택들의 하수가 흘러들어오는, 말하자면 『본류』 같은 곳인지, 하수도 자체의 직경이 상당히 크다. 아마도 점검용 통로 같은데── 하수가 흘러가는 옆에 있는 『기슭』을 따라 걸어가고 있지만, 머리 위쪽 천장까지 수십 센티미터나 떨어져 있다.

"괜찮아?"

몇 걸음 앞에서 걸어가던 오토와가 갑자기 뭔가 생각이 난 것처럼 뒤를 돌아보며 물었다. 오토와는 오른손에 삽, 왼손에 소형 손전등을 들고 날 안내하고 있다.

"솔직히 좀 힘들어…… 우읍."

하수도다보니 안에는 눈물이 나올 정도로 강렬한 악취가 가득 차 있다. 먹을 것에서 나오는 썩은 내와 또 다른—— 몸속까지 스밀 것 같은, 곰팡내가 섞인 악취다. 그래서 나는 쉴 새 없이 덮쳐오는 토하고 싶은 기분과 싸워야만 했다. 솔직히 말하자면 '좀' 정도가 아니다.

"……토할래?"

"아냐, 괜찮아……."

그렇게 말하고 오토와를 말리기 위해서 한 손을 들었다.

이런 악취 속에서, 어떻게 저렇게나 태연한지. 코가 막힌 걸까. 어쨌거나 여자애가 아무렇지도 않은데 나 혼자 토하는 꼴사나운 짓을 할 수도 없다.

"토하는 건 괜찮은데, 짐에 묻지 않게 조심해."

"그쪽이 우선이냐."

힘이 쭉 빠지면서 씁쓸하게 웃었다.

내 어깨에는 파출소에서 털어온 전리품을 담은 가방을 메고 있다. 어쨌거나 들어가는 만큼 억지로 집어넣은 탓에 엄청나게 무거웠다.

……혹시, 오토와가 날 짐꾼으로 부리려고 데리고 와준 걸까?

"왜?"

뒤돌아본 오토와의 손에 쥐여 있는 삽을 보고, 나도 모르게 침을 삼켰다.

"아, 아무것도 아닙…… 니다."

"그래?"

고개를 갸웃거리면서 말하고는 다시 걸어가는 오토와.

짐을 다 나른 뒤에는 필요 없다고 하는, 그런 일은…… 없겠지?

없다고 생각하고 싶지만—— 얘가 무슨 생각을 하고 있는 건지, 잘 모르겠다. 처음 만나서 그런 것도 있지만, 기본적으로 무표정해서 화를 내는 건지 좋아하는 건지 슬퍼하는 건지, 얼핏 봐서는 모르겠다.

"그런데 말이야……."

일단 다른 얘기를 꺼내기로 했다.

"왜 하수도로 가는 거야? 냄새도 나고, 어둡고, 이런 데서 그놈들이랑 마주치면 위험하지 않아?"

실제로 이런 상황에서 그놈들한테 앞뒤로 포위당하기라도 하면 끝장이잖아.

"괜찮아. 지상보다 여기가 조우할 확률이 낮고, 악취가 우리 냄새도 지워주니까."

"그렇구나……."

뭐, 좀비는 기본적으로 사람이 변한 것들이니까. 그래서 보통 사람들이 잘 드나들지 않는 이런 곳에는 좀비도 거의 없겠지.

그리고 좀비가 어떻게 사람을 판단하고 덮치는 건지는 모르겠지만…… 하수도의 악취는 살아 있는 사람의 냄새를 지워주고, 두꺼운 벽과 천장은 발소리와 숨소리를 차단해준다. 처음부터 하수도에 있었다면 모를까, 좀비가 일부러 들어오는 일은 없겠지. 분명히 좀비한테서 숨어서 이동하는 데는 가장 좋을지도 모른다.

"그런데 말이야. 혹시나 싶어서 물어보는데, 길을 헤매는 일은 없겠지?"

"괜찮아. 전부터 가끔 들어와서 조사했으니까."

"……전부터라니."

왜 또? 설마 하수도 산책이 취미인가? 그나저나 보통 사람이 허락도 안 받고 들어와도 되는 데야?!

"이렇게 좀비가 생겼을 때에 대비해서."

"…………이봐요."

뭐, FPS를 하면서 『만에 하나 우리나라가 전쟁터가 됐을 때에 대비한 훈련』이라는 헛소리를 했던 내가 오토와를 무시할 수도 없는 일이지만. 하지만 게임이라면 또 모를까, 좀비 참사를 상정해서 실제로 하수도에 들어가는 여고생이라니, 아무리 생각해도 이상하잖아.

뭐, 미국에서는 『좀비 대책용』이라면서 실제 총을 판다고도 하지만. 미국 사람들은 거의 종교 수준으로 좀비를 좋아한다는 얘기도 들은 적이 있다.

그런 생각을 하고 있는데——

"다 왔어."

멈춰선 오토와가 말했다.

"이제야 이 냄새에서 해방되는구나⋯⋯."

담담하게, 녹슨 사다리를 타고 올라가는 오토와를 따라서 나도 위로 올라갔다.

아무리 안전하다고 해도 이제 하수도는 지긋지긋하다. 좀비가 있을지도 모르지만, 조금이라도 탁 트인 지상에서 심호흡을 하고 싶다.

그런데──

"──여기는."

사다리를 다 올라와서 도착한 곳은 사방에 상자가 쌓여 있는 살풍경한 실내였다. 도로 한복판으로 나올 거라고 생각했었는데, 여기가 어딘지도 모르겠다.

"저기, 오토와──."

"따라와."

맨홀 뚜껑을 닫고, 오토와는 그대로 걸어가서── 출입구로 보이는 장소에 설치된 스윙 도어를 밀어서 열었다.

그러자── 내 눈 앞에 펼쳐진 것은 텅 빈 주차장이었다.

넓은 아스팔트 위에 자동차 주차 위치를 표시하는 하얀 선들이 그어진, 직사각형 모양들이 수십 개나 있다. 하지만 차는 단 한 대도 없다.

"이건⋯⋯."

"⋯⋯이쪽."

그렇게 말하고, 오토와는 바로 옆에 있는 다른 건물로 향했다.

전에 본 적이 있다. 유난히 큰 그 2층 건물 측면에는 『홈 센터』 그리고 『미스터 왓슨』이라고 적혀 있었다.

"…………!"

반사적으로 뒤쪽을 돌아봤다.

조금 전에 우리가 나온 건물은 아마도 재고를 넣어두는 창고였겠지. 입구 쪽에 쌓여 있는 상자를 자세히 보니 『화장지』나 『애견 사료』 『의류 보관함』 『컬러 박스』 등의 글자가 적혀 있었다.

중학교 때 몇 번인가 와본 적이 있다. 여기는 우리 동네에 있는 홈센터다.

"말도 안 돼? 정말 여기가 안전한 곳이야?!"

난 경찰서나 자위대 기지로 가는 줄 알았는데…….

"좀비가 발생하면 홈센터에 숨는 게 기본이야."

뒤를 돌아보며, 오토와가 무표정한 얼굴로 말했다.

"아니, 그게 아니라! 기본이라든지 그런 문제가…… 우읍?!"

"──큰 소리 내지 마."

그렇게 말하면서, 오토와는 오른손으로 내 뒤통수를 붙잡고 왼손으로는 입을 막았다.

'저기……?!'

하얗고 가는, 그리고 무엇보다 부드러운 여자 손이 내 입술에 닿았다. 위험해. 여자 피부와 접촉해본 게 대체 몇 년 만이지. 상대는 무슨 생각을 하는지 하나도 알 수 없는 이상한 녀석인데, 내 가슴이 마구 뛰었다.

게다가──

"……숨 참아."

그런 말도 안 되는 소리를 하고, 오토와는 몸 전체를 이용해서 날 건물 외벽 쪽으로 밀어붙였다. 그리고 그대로, 자기 몸을 나한테 딱 붙였다.

아니…… 저기…… 이거 혹시 벽꽝인가 하는 그건가? 그거야?

"…………."

진짜 위험해. 심장이 유난히 거세게 뛰는 게 느껴진다.

이상한 여자애인건 틀림없지만, 무표정하고 무뚝뚝하지만, 그래도 자세히 보면 예쁘게 생긴── 솔직히 말해서 본바탕이 좋다고 할까, 예쁘다. 이 쥬도 오토와라는 소녀는.

"……괜찮은 것 같네."

조금 지나서, 오토와가 손을 떼고서 말했다.

"조용히 짐 가지고 와."

그렇게 명령하고, 오토와는 발소리를 죽이고 조용히 걸어갔다.

아무래도 조금 전에 그 벽꽝 같은 행동은 좀비를 경계해서 그랬던 것 같은데.

'뭐야? 여기까지 오면 안전한 게 아니었어?'

오토와가 나한테 조용히 하라고 했던 건, 아마도 좀비한테 목소리가 들릴까 봐 조심하느라 그랬겠지.

그렇다면 근처에 좀비가 있을 가능성이 있다는—— 그런 뜻이다.

'정말 괜찮은 거야?'

일말의 불안을 품고, 나는 일단 주위를 둘러보면서 오토와를 따라갔다.

오토와는—— 점포 옆쪽으로 걸어가더니, 벽에 붙여서 만들어놓은 비상계단을 올라가기 시작했다.

"어째서 여기로——."

"지상 출입구는 전부 봉쇄했으니까. 드나들 때는 옥상으로."

오토와가 당연하다는 듯이 말했다. 그리고——

"거기, 조심해."

그 말을 듣고서야 알아차렸다.

비상계단이 중간에 두 칸 정도 끊어져 있다. 뭔가 연장을 이용해서 억지로 부순 건지, 발판이 없다. 아무 생각 없이—— 밑을 안 보고 올라가면 여기서 뚝 떨어지겠지.

"이건……."

이것도 좀비 대책인가. 죽은 사람이 발밑을 확인하면서 계단을 올라갈 리가 없으니까.

나는 짐을 먼저 오토와한테 건네고, 다리를 뻗어서 비상계단에 만들어놓은 『함정』을 넘어갔다. 거기서 다시 짐을 받고, 더 위쪽으로 올라갔다.

우리는 금방 홈센터 옥상까지 올라갔다.

"한참 동안 땅속을 걷고, 이번에는 옥상이라니……."

손님이 올라올 것은 생각하지 않았겠지. 가장자리에 낙하 방지용 철책이 있기는 하지만, 그밖에는 펜트하우스가 하나. 그리고 태양광 발전 패널이 잔뜩 줄지어 있을 뿐이다. 안내용 표시판도 없다.

"…………저건."

철책 쪽으로 걸어갔다.

주위에 그렇게 높은 건물이 없어서 주변 일대가 잘 보였다.

시내 곳곳에…… 연기가 피어오르고 있는데, 저건 화재인가. 하지만 소방차가 출동하는 기색도 없고, 대낮인데도 시내 전체가 너무나 조용한 것이 엄청나게 기분 나쁘다. 자동차 엔진 소리 하나 없다.

그리고—— 보고 말았다.

"——!"

홈센터 부지를 빙 둘러싸고 있는 담장.

그 바깥쪽에서 느릿느릿 걸어 다니는 수십 명, 아니, 수백 명이나 되는 죽은 자들의 모습을.

매번 넘어지기 반걸음 직전에 간신히 버티는 것 같은 기묘한 걸음걸이와 흙색 살갗을 보면, 멀리서도 그놈들이 하나같이 죽어 있다는 걸 알 수 있었다.

걸어 다니는 죽은 자들은 도로에도, 공원에도 있었다.

어느 쪽을 봐도 조금만 자세히 보면 놈들의 모습을 찾아

볼 수 있었다. 여기저기가 썩어 있는 놈도 있고, 배에 긴 파이프가 박힌 놈도 있다. 목에 식칼이 박혀 있는 놈도 있고. 하나같이 그런 꼴이면서도 느릿느릿, 움직이고 있었다.

그놈들 말고는 아무도 보이지 않는다.

시내는—— 완전히 죽은 자들 것이 돼버렸다.

"……정말이었구나."

오토와한테 이 나라가 사실상 멸망했다고 듣기는 했지만—— 내 눈으로 확인한 건 아니었다. 전국 규모의 사태라는 건 오토와의 착각이고, 실제로는 우리 집을 포함한 아주 한정된 범위에서만 일어났다는…… 그런 가능성, 희망적인 생각을 버리지 못했다.

하지만 이렇게 시내의 모습을 보고 나니 싫어도 이해할 수밖에 없었다.

전국 규모인지는 모르겠지만, 좀비 사태는 상당히 넓은 범위에서—— 우리 동네 전체, 그 이상의 규모에서 발생했고, 공공기관이 그 문제에 대처하지 못하고 기능을 정비해버린 것도 명백했다.

"뭐 해?"

옥상 구석에 있는 펜트하우스 쪽에서, 오토와가 날 보면서 물었다.

"아니…… 그냥……."

애매하게 고개를 젓고, 주위 사방에 펼쳐져 있는 조용한 멸망의 광경에 등을 돌리고 오토와 쪽으로 뛰어갔다.

●

오토와가 말한 대로—— 지상 출입구는 전부 철저하게
봉쇄돼 있었다.

홈센터 입구에는 셔터를 내려서 유리문 바깥쪽이 보이
지 않는다. 창문은 앞서 말한 대로 환기구를 겸하는 작은
것들이 천장 근처에 몇 개 있을 뿐이고, 그나마도 사람이
지나다닐 정도로 커다란 것은 아니다.

"그렇구나, 이러면 좀비가 못 들어오겠네……."

게다가 오토와의 좀비 대책은 그게 전부가 아니었다.

통로 곳곳에 집기와 조립식 가구를 이용한 바리케이트
를 몇 겹으로 설치해서 마치 미로—— 아니, 요새 같이 만
들어 놨다.

"이거…… 오토와가 만든 거야?"

깜짝 놀라서 그렇게 물었다.

"응. 영화 흉내 내서."

"흉내 내는 걸로 이렇게까지……."

미로 같은 상태로 만든 것은 만에 하나 『적』이 돌입했을
때 그 침입 경로를 제한하고, 멀리 돌게 해서 시간을 버는
동시에 공격하기 쉽게 하기 위한 것이다.

이런 구조의 성채나 요새는 옛날부터 실제로 존재했다

는 것 같다. 나도 VR-FPS에서 비슷한 스테이지를 돌아다
닌 적이 있다. 공격하는 입장에서는 차폐물이 너무 많아서
귀찮은 곳이다.

"………."

다시 한번 오토와를 봤다.

덩치가 큰 것도 아닌데다 팔다리도 가는 게, 딱히 단련
했다는 인상은 아니다. 게다가 온몸에서—— 선 자세에서
는 굳이 따지자면 나른한 분위기까지 감도는 게, 도서관
한구석에서 졸고 있는 게 어울릴 것 같은 느낌이다.

거의 활달이나 활발이라는 말과는 거리가 먼 인상인데
—— 잘도 이렇게까지 적극적으로 활동하네.

"그리고, 무기도 있어."

"무기라니, 그 삽 말고 또?"

"물론이지."

고개를 크게 끄덕이는 오토와. 여전히 무표정한 표정이지
만, 그 동작이 왠지 의기양양하게 보이는 건 기분 탓일까.

나는 오토와에게 이끌리는 것처럼 홈센터 구석 쪽으로
갔다.

거기에는 긴 테이블이 놓여 있었고——

"홈센터는 무기의 보고."

있네, 있어…… 철제 쇠 지렛대부터 시작해서 망치, 쇠
파이프, 전동 못총, 제초기, 금속 배트 등등의 기성품들이
죽 놓여 있고, 그 옆에는 복수의 공구를 조합해서 만든 수

제 무기들까지 있었다.

"이건 은근히 자신작."

그렇게 말하면서 보여준 것은 대걸레 자루에 식칼 두 자루를 철사로 묶어놓은 수제── 이건, 창인가?

"식칼을 두 자루 달아놔서 갈래창처럼 제압하는 데도 쓸 수 있어. 하지만 몇 번 찌르면 빠지니까 개량해야 해."

"그, 그래?"

이미 사용했다── 정도가 아니라 실전에서 시험해본 것 같다.

담담한 말투로 무기를 설명하는 오토와가 엄청나게 기뻐하는 모습이 왠지 무섭다.

정말 뭐냐고. 수제건 아니건, 어쨌거나 무기가 있으니 다행이다.

내가 일단 적당해 보이는 쇠파이프를 손으로 들고 무게를 확인하는데──

"……슬슬 확인해야겠네."

갑자기 오토와가 그런 소리를 했다.

"확인이라니, 무슨── ……으에에에에?!"

고개를 돌린 내 눈에 들어온 것은 눈부실 정도로 하얀── 맨살.

"뭐, 뭐뭐뭐, 뭐 하는──."

세상에, 오토와는 옷을 훌훌 벗고 있었다.

뭐야, 이거 뭐냐고?! 혹시 그건가, 세상이 멸망했으니까 우리가 아담과 이브가 되자는, 그런 거야?! 당신의 온기를 확인하고 싶다든지 그런 장면?! 아냐, 무슨 영화도 아니고, 그럴 리가──

"그러니까, 확인."

깜짝 놀란 투로 말하는 오토와. 『확인』이라는 말의 의미를 이해하지 못한 게 이상하다는…… 그런 눈치다. 최소한 그렇게 에로틱한 분위기는 아닌 것 같고.

"몸에 상처가 났는지."

"뭐? 상처?"

"감염되지는 않았는지 확인."

망설임 없이 웃옷, 셔츠, 바지를 벗는 오토와.

피가 묻거나 진흙이 묻어서 더러워진 옷 속에는 누가 봐도 소녀, 라는 느낌의 하얗고 고운 맨살이 보란 듯이 숨어 있었다.

위험하다. 아까 잠깐 접촉한 것만 가지고도 엄청나게 흥분했었는데, 갑자기 속옷 차림을 보니까 내 주니어가 기뻐 날뛰고 있다(의미 불명).

게다가 오토와는 날씬하면서도 은근히 나올 데는 나오고 들어갈 데는 들어가서, 오히려──(이하 자율규제).

"화, 확인이라니!"

오토와한테서 눈을 돌리며 말했다.

이런 상황인데 여자 살갗을 보고 흥분하다니, 어쩌면 난 성욕 몬스터일지도…… 같은 생각도 했지만. 생각해보니 인간은 역경에 빠질수록 본능적으로 자손을 남기기 위해 성욕이 끓어오른다는, 그런 이야기를 어디선가 읽은 적이 있다. 아마 테러리스트와 인질의 관계성을 다룬 책이었는데…… 아니, 그건 됐고!"

"무, 물리지 않았는지, 모를 리가 없잖──."

"인간은 공포나 긴장 때문에 아드레날린이 분비되면 아픔을 느끼지 못하는 경우도 많으니까."

그런 무시무시한 얘기를, 역시나 무표정한 얼굴로 말하는 오토와.

근처 벽에 걸어놓은 커다란 거울── 전신거울로 자기 몸에 물리거나 긁힌 상처가 없는지 확인하면서, 이렇게 말했다.

"아픔을 느끼지 못했던 등장인물이 나중에 물렸다는 걸 알고, 말 안하고 숨기다가 좀비로── 그렇게 해서 파티가 전멸. 기본 중의 기본, 흔히 있는 패턴."

"흔히 있는 패턴이라니……."

"좀비는 원래 『사람을 물어서 늘어나는』 괴물이 아니었어."

담담하게 설명하는 오토와.

"원래는 부두교 사제가 조종하는 로봇 같은 거야. 자기 증식 능력은 없고, 시체에 『좀비 파우더』를 써서 만들었지."

그런 소리를 하면서, 오토와는 자기가 입고 있는 스포츠 브라를 손가락으로 잡아당기면서── 대체 뭐 하는 거냐고?! 아니, 속옷 밑에도 물린 자국이 없는지 확인한다는 건 이해하는데, 이해하지만!! 조금만 더 보여——

"하지만 로메로 감독의 영화 「살아 있는 시체들의 밤」에서 좀비에 흡혈귀의 요소를 더하면서 지금과 같은 형태가 됐어. 그리고 대히트 게임 「바이오하자드」 같은 데서 병원균에 의해서 발생하는 생물적 재해의 일종으로 그려지는 패턴이 정착됐지."

"그래…… 아니, 저기, 오토와…… 씨?"

"이번 좀비도 뉴스를 보면 그 패턴이야. 물리거나 긁히면 일정 시간이 지나서 고열이 나면서 사망. 그 뒤에 한 시간에서 한나절 정도가 지나면 좀비가 되지. 일종의 병이야. 체액 등의 접촉 감염으로 좀비가 되는 걸 보면 원인은 바이러스, 박테리아, 미생물, 또는 그것과 유사한 무언가라고 추측할 수 있어. 막으려면 감염자를 늘리지 않는 게 중요해."

여러모로 당황한 나는 거의 무시하고, 거침없이 일방적으로 말하는 오토와.

이렇게 설명할 때만 묘하게 말수가 많다고 할까, 말을 엄청 잘하네. 그 모습이 왠지 의기양양하게 보이는데, 역시 기분 탓이 아니겠지.

"그러니까 너도 벗어. 확인하게."

속옷 차림의 오토와가 날 보면서 그렇게 말했다.

"뭐? 아니, 그치만."

"서로의 안전을 위한 거니까."

주저하는 나한테 오토와가── 반라의 모습을 드러낸 소녀가, 전혀 부끄러워하지도 않고 말했다.

확인하자는 건 당연하다면 당연한 요구다.

저쪽 입장에서 보면 자신이 크나큰 노력을 들여서 확보한 안전지대에, 누군지도 모르는 타인들인 꼴이니까. 그 사람들이, 어느새 적이 돼버렸다. 그러면 정말 미칠 지경일 테니까. 무슨 말인지는 이해한다. 이해는 하지만.

하지만 뭐라고 할까, 좀 더 부끄러워해야 하는 게 아닌가, 이 녀석은?!

"꼭 벗어야 하는 거야? 옷이 찢어지지는 않았나 확인하기만 해도──."

"벗어서 확인하는 게 제일 확실해."

"그건 그렇지만──."

"빨리."

오토와가 재촉했다.

"왜 그래? 왜 안 벗는데?"

"왜냐니, 그야……."

네가 내 눈앞에서 그런 차림으로 있으니까, 내 주니어가 (이하 생략).

"왜 안 벗는데?"

스윽…… 오토와가 한 걸음 다가오면서 내 얼굴을 들여다봤다.

그만 뒤. 다가오지 마. 더더욱 감당할 수 없게 돼버린단 말이야?!

"역시 물렸어?"

"아, 아니야! 안 물렸다고!! 그 삽 저리 치워!"

속옷 차림으로 조용히 손을 뻗어서 삽을 쥔 오토와에게, 반쯤 울먹이면서 소리쳤다. 이대로 가면 묻지도 따지지도 않고 좀비로 판정해서 머리를 쪼개버릴 게 분명하다.

"아, 알았어! 벗을게! 벗으면 되잖아?!"

좀비 취급받고 죽느니, 변태네 짐승이네 욕을 먹는 게 차라리 낫다.

나는 마음을 다잡고 제일 먼저 부츠를 벗고, 그리고 힘차게 위도 아래도 전부 벗어버리고 팬티 하나만 입은 꼴을 오토와의 눈앞에 드러냈다.

군용 인식표 목걸이가 맨살 위에서 짤그락 소리를 냈다. 예전에 재미 삼아 『하운드9』이라는 이름을 새겨서 만든 물건이다. 뭐, 생년월일이나 성별, 혈액형 등을 데와 히로아키로 새겨놨지만, 그건 그렇다 치고.

"봐! 난, 난, 사람이라고오오오오오!"

마치 그것이 『살아 있는 증거!』라고 말하는 것처럼, 힘차게 부풀어 올라 있는 아래쪽을 가리지도 않고 그렇게 소리쳤다.

"어때? 물린 데 있어?!"

"······."

그러자 오토와는 한참동안 아무 말이 없었다. 먼저 잡아 먹을 것 같은 눈빛으로 내 상반신을── 특히 팔과 어깨 부분을 정말 꼼꼼히 살폈는데.

"……⋯⋯아."

문득, 시선이 아래쪽으로 내려간 오토와가 그런 소리를 흘렸다.

잠깐만, 『……아』가 뭔데, 『……아』가?!

설마 정말로 내가 알아차리지 못한 상처가 있었던 거야?! 어딘데?! 어디 있는데?! ─그렇다면 난 이미 늦은 거야!? 감염된 거야!? 나도 며칠만 있으면 으어어어어어, 하면서 돌아다니는 거야?! 우리 부모님이랑 동생처럼──

"……."

오토와는 마치 얼어붙은 것처럼 굳어져 있다.

그리고──

"응……?"

뭐지…… 천천히, 얼굴이 빨개지네?

"저기…… 오토와…… 씨……?"

"……."

내가 부르자, 귀까지 새빨개진 오토와가 무표정한 얼굴로 말했다.

"……⋯⋯확인, 했, 으니까……."

어째선지 더듬거리면서 말하는 오토와.

"그, 그래, 어, 어땠어?"

"……옷, 입어도, 되니까…….."

"상처는 없었지?"

"없어, 없으니까, 옷, 입어도…… 돼."

그렇게 멋대로 지껄여대는 반라의 미소녀. 아니, 일단 너부터 입으라고. 그러면 아마 내 주니어도 얌전해질 테니까………… 같은 소리는 차마 할 수가 없어서.

"아, 알았어, 미안——."

재빨리 벗어 던진 옷들을 다시 입었다.

"…………"

가면처럼 무표정한 얼굴은 여전했지만, 오토와는 지금 틀림없이—— 얼굴이 빨개져 있다. 온 몸의 피가 전부 얼굴로 몰린 것 같은, 부끄러워한다는 것 말도는 표현할 방법이 없는 상태. 얼굴은 내 쪽을 보고 있지만 시선이 옆으로 돌아가 있다고 할까, 미묘하게 나한테서 빗겨나 있다는 걸 알 수 있었다.

혹시 부끄러워하는 거야? 이 녀석이?

'의외로—— 평범한 여자앤가?'

여전히 얼굴이 빨간 오토와를 보면서 그런 생각을 했다.

●

일단 서로 좀비가 될 위험이 없다는 걸 확인했으니, 우리는 홈센터의 스태프 룸—— 한마디로 사무실에서 식사를 하기로 했다.

　아침 일찍부터 난리를 친 덕분에—— 아침도 점심도 먹을 여유가 없었다. 하지만 긴장했던 탓인지 배가 고픈 줄도 몰랐다.

　일단은 안심하니까 배가 꼬르륵거려서—— 그제야 내가 배가 고프다는 걸 알았다.

　"——먹을래?"

　"응…… 고마워."

　고맙다는 말을 하고 받았다.

　오토와가 내민 것은…… 건빵 몇 개. 비상용품 주머니 안에 있던 통조림이다.

　'죽느냐 사느냐 하는 문제 때문에 거의 하루 종일 난리를 치고…… 간신히 먹게 된 게 이런 시시한 건빵이라니…….'

　엄청나게 김이 샜지만 투덜댈 입장도 아니다.

　일종의 각오를 하고 건빵 한 개를 입에 집어넣었다—— 그런데.

　"어라? 꽤…… 맛있네?"

　뭐야 이거?! 아니, 특별한 맛은 아니다. 아니지만—— 내가 생각했던 먹을 수만 있다면 뭐든 좋다는, 그런 맛은 아니다. 공복이 최고의 조미료라고도 하는데, 그걸 생각해도 틀림없이 맛있다.

　"요즘 보존 식량은 맛있어."

　자기도 건빵을 씹으면서, 오토와가 말했다.

파이프 의자 위에서 무릎을 끌어안고 앉아서 작은 건빵을 두 손으로 들고 아작아작 뜯어먹는 모습이, 꼭 다람쥐 같아서 묘하게 귀엽다.

"그러고 보니 우리나라 전투식량이 유난히 맛있다는 얘기를 들은 적이 있는데, 그것 때문인지도 모르겠네."

"레이션?"

"그래, 군용 전투식량. 내가 밀리터리 마니아── 라기보다는 FPS 마니아거든."

그러고 보니 여기 올 때까지 이름을 물어본 것 말고는 서로에 대해 한 번도 말한 적이 없다.

뭐, 그런 상황에서 차분하게 「취미가 뭐야?」 같은 얼빠진 얘기를 할 여유도 없었지만.

"아, 그렇구나."

살짝 고개를 끄덕이고, 오토와는 생수 페트병을 열고 물을 한 모금 마셨다.

"그래서 총에 대해서도 잘 아는구나?"

"……그렇지 뭐. 하지만 진짜 총을 만져본 건 그게 처음이야."

애당초 내가 FPS에 빠진 것도 총을 좋아했기 때문이다. 그래서 VR-FPS에서는 필요도 없는 총기 분해정비도 일단은 할 줄 안다. 요즘 건 콘트롤러는 그런 부분까지 실제 총에 가깝게 재현해 놨으니까.

"그러는 오토와 너야말로 정체가 뭐야?"

"그냥 여고생."

"그냥 여고생이 그렇게 좀비한테 대처할 수 있는 거야?"

"그건…… 예전부터 깨작깨작."

깨작깨작은 무슨.

죽었다고는 해도 사람 모양인 존재에게 망설임 없이 삽을 휘두르는 정신력도 그렇고, 재주도 좋게 안전지대를 확보하고 식량과 생필품 점검까지 해두는 지식과 용의주도함.

어딘가 맹한 느낌인데, 긴급사태에 대한 적응 능력 하나는 엄청나게 높다.

그런 여고생이 흔하겠냐고.

'하지만 이성에 대한 내성은 의외로 없었지.'

내 사타구니를 보고 얼굴이 빨개졌던 오토와의 모습이 생각나서 쓸쓸하게 웃었다.

"그러고 보니까, 여기로 도망쳤을 때 살아 있는 사람은 없었어?"

"없었어. 전부 좀비가 돼 있어서 처리했어."

"그, 그랬구나."

담담하게, 적절히 좀비를 『처리』하는 오토와의 모습이 생각나서 살짝 곤혹스러워졌다.

그런 내 모습을 어떻게 받아들였는지—— 오토와가 고개를 갸웃거리면서 물었다.

"실망했어?"

"솔직히 말하자면, 조금."

동료는 많으면 많을수록 좋으니까.

솔직히 말하자면── 집단행동은 싫지만, 이런 극한상황에서 외로운 늑대 행세를 해봤자 소용없잖아. FPS서도 마찬가지지만, 사람이 많으면 많을수록 작전의 폭이 넓어진다─ 다르게 말하자면 행동의 선택지가 늘어난다.

"다음에 보면 히로아키를 위해서 남겨둘게."

"잠…… 뭐라고? 뭘를?"

"좀비."

"좀비를 해치우고 싶었다는 얘기가 아니거든?!"

왜 그걸 아쉬워할 거라고 생각하는데.

"하지만 익숙해지는 게 좋아."

"그야 그렇겠지만!"

"기본적으로 머리를 노려야 해. 여기, 정수리는 의외로 두개골 모양 때문에 미끄러지기 쉬우니까, 관자놀이 쪽을 중점적으로, 이렇게──."

"밥 먹는 중에 피 묻은 삽은 휘두르지 말아 줄래?!"

살아남으려면 오토와처럼 주저 없이 좀비를 쓰러트릴 수 있어야 한다.

지금은 감사히, 경험자인 오토와의 『가르침』을 들어야 하겠지만──

"오토와는 정말 잘 싸우네."

어지간한 사람들은 좀비라는 존재 자체에 놀라서 제대로 움직이지도 못할 것 같은데. 그래서 어지간한 사람들은 순식간에 좀비의 먹이가 돼버렸고.

오토와는── 처음부터 이렇게 척척 대치할 수 있었던 걸까.

대체 어떻게?

"나, 좀비 마니아거든."

"아니, 그게 이유가 되는 거야?!"

뭐야, 좀비 마니아라니──.

아니, 지식은 풍부할지도 모른다. 실제로 잘 알고 있는 것 같기도 하고. 그렇다면 전쟁영화 마니아는 역전의 용사처럼 강해야 하는데.

"무기나 바리케이트를 만든다든지. 하수도를 이용해서 이용한다든지. 전부 좀비 영화나 드라마에서 봤어. 만약 내가 좀비가 잔뜩 나타난 세상에 들어가게 된다면 그렇게 하고 싶다고, 계속 생각하고, 머릿속에서 이미지 훈련을 했어."

"……이…… 이미지 훈련 말이지."

"설마, 정말로 실천하게 될 줄은 몰랐지만."

"당연히 그렇겠지. 나도 조금 전까지 이런 상황에 들어오게 되리라고는 생각도 못 했으니까. 바로 오늘 아침까지, 꿈에도 몰랐다니까."

"…………응."

오토와는 역시 무표정했지만, 그 하얀 볼이 살짝 발그레해졌다.

어라? 뭐지? 부끄러운가?

"……정말…… 왠지 꿈만 같아……."

눈이 촉촉해지고, 뺨이 발그레해지고, 마치 사랑에 빠진 소녀처럼 황홀해 하는 표정으로 보이는 건 역시 내 기분 탓일까. 아니면 정말로 황홀해 하는 걸까.

마치 『꿈이 이뤄졌다』는 것처럼.

……저기요………… 완전히 질려버렸거든요.

'역시 이상한 녀석이라니까…… 생긴 건 예쁜데.'

마음속에서 몰래 한숨을 쉬었다.

●

식사가 끝나고 조금 지나서.

"늦었으니까 그만 자자."

홈센터에 있던 작업복으로 갈아입은 오토와가 갑자기 그런 소리를 했다.

"그…… 그래…… 그래야지."

원래는 이쯤에서 『여자애랑 한 지붕 아래에서……!』 하고 기뻐해야 하는 건지도 모른다. 하지만 솔직히 말해서 그런 기분이 들지도 않았고, 이상한 기대도 들지 않았다.

하루 동안에 너무 많은 일이 있어서 완전히 지쳐버렸다.

그리고 아무리 엄중하게 안전을 확보했다고 해도 '절대' 란 있을 수 없겠지. 언제 어디서 좀비가 우리를 물어뜯으

려고 들어올지 모른다. 피곤하면서도 불안해서 잠들기가
무서울 정도였다.

"……이상 없음."

그렇게 말한 오토와가 보고 있는 것은 스태프 룸 한쪽에
설치된 여섯 개의 점내 CCTV 모니터 화면이다. 원래는 방
범용이다 보니 몇 개는 바깥쪽으로도 향해 있다. 사각이
전혀 없다고 할 수는 없겠지만, 좀비가 들어온다면 어딘가
에는 비치겠지.

오토와는 영상을 하나하나 확인한 뒤에 내 쪽을 보면서
말했다.

"난 이쪽 소파에서 잘 테니까. 히로아키도 아무 데나 편
한데서 자. 가게 안에 이불도 침낭도 있으니까 알아서 가
져다 쓰고. 단, 함정은 조심해."

"함정……?"

"몇 가지 설치해놨거든."

어느새…… 아니, 내가 오기 전부터 설치해놨겠지.

"잠이 올 것 같지는 않지만."

"안 자면 몸에 좋지 않아. 내일도 바쁠 테니까."

"내일이라니…… 내일은 뭐 할 건데?"

"이것저것…… 흐암……."

그렇게 말하면서 하품하는 오토와.

오토와는 그대로 소파에 눕더니 이불을 뒤집어썼다.

"…………."

좀비 대책에서는 무서울 정도로 빈틈이 없으면서 이런 데서는 무방비하다고 할까, 내가 덮친다든지 그런 건 생각도 안 하는 걸까. 극한상태에 몰려서 화가 난 남자가 동료 여성을 덮친다── 물론 좀비랑 다른 성적인 의미로─ 그런 장면도 좀비 영화에서 흔히 나오지 않던가.

"이상한 놈이야……."

그렇게 중얼거리고, CCTV 모니터를 봤다.

모니터는 여섯 개가 있지만 카메라는 그 몇 배나 있는지, 화면이 일정 주기로 바뀌었다. 한참동안 보고 있었더니 오토와가 가게 곳곳에 설치해놓은 것 같은 함정들이 보였다.

"『손대지 마시오/ 고무장갑 필수』……?"

오토와가 써놓은 것 같다. 어느 문에 달린 손잡이에는 커다란 배터리가 여러 개 연결돼 있고, 바닥에는 감전되기 쉽도록 액체까지 뿌려 놨다.

……좀비한테 전기가 먹히려나?

아냐…… 근육섬유가 남아 있으니까 움직일 수 있을 테고, 그렇다면 강한 전기를 흘리면 경직될 테니까. 과학 실험에서 해부한 개구리 다리에 전기를 흘리면 움찔움찔 움직이는 것과 같은 이치다. 그렇게 생각해보면 이 함정은 말이 되는 것인지도 모른다.

실제로 우리 어머니 좀비는 감전돼서 움직임이 멈췄으니까.

가게 안에 폭발물이나 화학약품 같은 것들을 쓸 수도 없을 테니까.

"그나저나 잘도 이런 함정들을 다 생각해냈네."

이것도 이미지 훈련의 성과려나.

오토와가 설치한 함정은 한 가지 종류가 아니었다.

비교적 단순한 것—— 누가 밟으면 딸랑딸랑 소리가 나는 종 같은 것부터, 바닥에서 10센티미터 정도에 쳐놓은 와이어, 일부러 잘 무너지게 쌓아놓은 상자를 가느다란 파이프로 지탱해놓은 것 등등…… 살상능력보다는 『좀비의 침입을 알리고 발을 묶는 효과를 발휘』하는 쪽을 목적으로 삼은 것들이 잔뜩 설치돼 있다

'대체 어디서 이런 의욕이 나오는 거지……?'

정말이지 입만 다물면, 가만히만 있으면 조금—— 아니, 꽤나 예쁜데 말이야. 언동이 여러 가지 의미로 규격을 벗어났다.

하지만 나도 그 규격을 벗어난 언동에 도움을 받았으니까.

파출소에서는 우연히 오토와가 들어오지 않았다면 그 좀비 경찰이 날 맛있게 잡아먹었겠지. 나는 물론이고, 어느 날 좀비가 온 동네에 넘쳐나는 상황을 진지하게 생각하는 사람이 그렇게 많을 리가 없으니까.

모든 사람들이 어제와 똑같은 오늘이 오고, 오늘과 똑같은 내일이 올 거라고 믿었을 것이다.

그래서 갑자기 시내에 넘쳐난 좀비에 대항하지 못하고
──상황을 파악하고 각오를 다질 틈도 없이, 수많은 사람
들이 좀비한테 물려서 같은 좀비가 돼버린 것이다. 실제로
피해를 입은 사람이 다른 사람에게 경계하라고 할 수도,
설명하지도 못하고 가해자가 돼버리니까, 상황 파악도 대
책 수립도 계속 뒤로 밀리는 게 당연하겠지.

　그렇다. 보통은 대항하지 못한다.

　'이게 현실이구나…….'

　아무래도 좀비 마니아인 오토와는 이 상황을 기뻐하며
──보기에는 무표정하지만── 받아들이고 있는 것 같지
만, 솔직히 말하자면 나는 아직까지도 나쁜 꿈을 꾸고 있
는 것 같은 기분이고, 현실을 완전히 받아들이지 못했다.

　망가진 건 세상일까. 아니면 나 자신일까.

　오히려 내가 망가졌다면 정말 좋겠는데.

　"…………."

　무의식중에 나도 모르게 코를 훌쩍거리고 있었다.

　눈시울이 뜨겁다. 슬프다는 생각은 들지도 않을 거라고
생각했는데.

　아버지. 어머니. 그리고 동생 요시아키.

　학교에도 안 가고 방구석에만 틀어박혀 있는 나를 귀찮
은 짐짝 취급하는 부모님과 무시하는 동생하고는, 솔직히
말해서 사이가 좋지 않았다. 어제까지는 그 사람들이 죽어
봤자 아무렇지도 않을 거라고 생각했다. 오히려 해방됐다

는 기분이 들지도 모른다고 생각했을 정도였고.

하지만…… 머릿속에 떠오르는 것은 내가 틀어박히기 전에 가족끼리 사이좋게 지냈던 시절의 추억들뿐. 아버지도, 어머니도, 동생도, 모두…… 웃고 있었다.

'…………거지 같은 현실 따위는…… 끝장나라고 생각했었는데…….'

집에서. 파출소에서.

나는 그 너무나 짜증나는 현실이 끝났다는 것을 뼈저리게 깨달았다.

'……그리고 보니까, 파출소에서 잡아먹히던 그 여자…… 우리 학교 교복이었지.'

어쩌면 같은 반이었을지도 모른다.

물론—— 그렇다고 딱히 특별한 감개가 있는 건 아니지만.

내가 학교에 안 가게 된 건 소위 말하는『집단 괴롭힘』의 대상이었기 때문이다.

적극적으로 폭력을 행사하는 일은 없었지만 기본적으로—— 같은 반 대부분은 내 존재를 무시했고, 나한테 들리는 장소와 목소리로 날 비웃고 욕하는 일도 있었다. 내가 그런 입장이 되면서 반이 하나로 뭉칠 수 있었기에, 교사도『괴롭힘』이 있다는 사실은 알고 있으면서도 모른 척 했다.

같은 반 애들은 내가 FPS나 총기 마니아라는 사실을 가지고『재수 없다』『살인을 좋아하는 변태』『예비 범죄자』같은 소리를 했다. 그런 놈을 따돌리고 험담을 하는 것이 그 애들한테는 『정의』이고, 당연히 해야 할 일이라고 생각했던 것 같다.

하지만 내가 괴롭힘의 표적이 된 이유—— 아마도 없겠지.

누군가 『남들과 다른』 놈 하나가 제물이 되면 그만이다. 『남들과 다르다』는 것은 박해할 만한 충분한 이유다. 그리고 『다같이』 괴롭히는 쪽에 있으면 안심할 수 있다. 그래서 누군가에게 악의를 퍼부을 역할을 떠넘긴다. 『남들과 다르다』는 부분을——『이상한』 부분을 억지로 찾아내서.

희생양이라는 것이다.

하지만—— 그런 『평범한』 놈들도 아마 완전히 하나로 뭉치지는 않았다. 현실이라는 빌어먹을 상황이니까, 내가 바란 대로 됐다.

그리고 남은 건——

"······쓸래?"

"뭐······?"

자는 줄 알았던 오토와가 어느새 일어나서, 한 손에 든 풀페이스 헬멧을 나한테 내밀었다. 상당히 튼튼해 보이는 물건이다. 아무래도 소파 밑에 놔뒀던 것 같은데······.

"쓰라니, 이걸?"

"이걸 쓰면 소리가 안 새나가니까."

오토와는 그렇게 말하면서 내 눈을 똑바로 쳐다봤다.

97

"…………."

나는 눈을 껌벅이면서 헬멧을 받았다.

오토와는 그걸로 납득했는지, 다시 소파에 가서 눕더니 ―― 바로 새근새근, 귀엽고 규칙적인 숨소리를 내며 잠들었다.

'……『이걸 쓰면 소리가 안 새나가니까』?'

아, 소리 때문에 좀비가 다가오지 않게 해준다는 건가.

그런데 오토와가 어째서 그런 걸 알고 있지? 실제로 시험해본 적이 있나?

하지만 오토와는 오토바이를 탈 것 같지도 않고, 만약 탄다면 오늘도 이용했을 것이다. 무기나 도움이 될 물건들을 뒤지러 왔으니까, 오토바이를 탈 수 있으면 그걸 이용하는 쪽이 훨씬 운반하기 편하니까. 속도를 내면 좀비한테 들킬 가능성도 적고.

아니. 그 전에―― 왜 헬멧이 여기 있는 거지?

이런 일도 있을까 싶어서? 미리 준비했을까? 설마.

어쩌면…… 이 헬멧은 이미 사용했고 효과도 확인했다는, 그런 건가?

좀비한테 들키지 않기 위해서 코고는 소리나 참지 못하고 흘러나오는 소리―― 오열이 밖에 새나가지 않게 하려고 써본 적이 있는 걸까?

"오토와――."

오토와도 처음에는 나처럼 동요했고, 흥분했고, 그리고

한숨 돌린 뒤에야 큰 충격을 받았을까.

다시는 돌아갈 수 없다는 생각에 남몰래 울기도 했을까?

그랬다면…….

"……미안해."

그렇게 사과했지만, 이번에는 정말로 잠들었는지 오토와는 아무런 반응이 없었다.

오토와가 이상한 녀석인지도 모른다. 『다른 사람들과 다를』지도 모른다.

하지만 나는 그런 이유로 『질려버리는』 일은 없다. 한심해하거나 비웃어서도 안 된다. 무엇보다 오토와가 **그랬기** 때문에 내가 살았다.

"그리고…… 고마워."

나는 혼잣말처럼 오토와의 등을 향해서 그렇게 말하고 —— 헬멧을 썼다.

그러자—— 시야가 좁아지고, 들리는 소리가 작아지고, 완전히 밀실에 갇힌 것 같은 폐쇄감이 들었다. 하지만 동시에, 가혹한 현실을 헬멧으로 막아준 것 같다는 생각도 들어서 약간 안심하는 기분이 들기도 했다.

눈가의 눈물은 이미 말랐다.

"……."

나는 헬멧 속에서 마음껏 한숨을 쉬고는…… 구석에 가서 웅크리고 앉았고, 그대로 눈을 감았다.

제 3 장 　파트너의 이름은 Z

　인간의 적응력은 참 대단하다.

　아니면 내가 어딘가 이상해진 걸까.

　집에서 가족 좀비와 마주치고 도망쳤고…… 오토와와 만난 지 일주일이 지났다.

　나는 오토와와 함께 이 세상의 종말 같은 상황 속에서 씩씩하게 살아가고 있다.

　"……이쪽."

　오토와가 손짓했다.

　우리가 물자를 조달하러 온 곳은 근처에 있는 슈퍼마켓이다.

　유리가 깨지고 자동문이 중간에 걸려서 열려 있는 입구를 통해, 우리는 발소리를 죽이고 가게 안으로 들어갔다.

　나는 부츠, 오토와는 운동화. 둘 다 발바닥이 고무로 돼 있어서 유난히 큰 소리가 날 일은 없지만, 부주의하게 유리 파편을 밟거나 빈 깡통을 걷어찬다든지 해서 큰 소리를 내서는 안 된다.

　"으엑…… 이건 심하네."

　안에 들어가자마자, 나도 모르게 중얼거렸다.

　슈퍼마켓 안에는 썩은 내가 가득했다. 1층에는 주로 신선식품이 진열돼 있었었는데, 그 탓에 곳곳에서 채소와 과일, 그리고 어패류 썩는 냄새가 나고 있었다. 고기도 썩었겠지만── 대부분 랩을 씌워놨으니 그나마 냄새가 덜하겠지.

"전기 계통이 원래 망가졌던 건지…… 아니면 공급이 딸린 건지."

기술 혁신의 결과인지 아니면 단순히 대량생산 덕분인지── 최근 몇 년 동안에 태양광 발전 패널과 관련 주변 기기들이 경량화되고 가격이 크게 내려간 덕분에 태양광 발전이 폭발적으로 보급됐고, 어느 정도까지의 전기를 자급자족할 수 있는 일반가정과 점포들이 많아졌다.

시내가 괴멸 상태가 됐지만 내가 집에서 속 편하게 게임이나 하고 있었던 것도, 우리가 아지트로 사용하는 홈센터에서 경비장치가 작동하는 것도 그 덕분이다. 재난 등이 발생해서 송전망에서 오는 전기 공급이 중단되면, 자택 태양광 패널에서 만드는 전기를 직접 소비할 수 있게, 회로가 자동으로 전환된다.

하지만 이렇게 대량의 냉장기기나 대형 공기 순환 시설이 있는 점포에서는 태양광 발전만으로 전력을 전부 충당하지 못하는 경우도 많다. 특히 냉장고 쪽은 소비전력이 엄청나기 때문에 순식간에 전력 공급과 소비의 수지 균형이 무너졌겠지.

"통조림이랑 보존 식량은 2층."

그렇게 말하고, 오토와가 계단 쪽을 가리켰다.

에스컬레이터도 있지만 전기로 가동하는 설비들이 전부

멈춰 있는 상황이다 보니, 당연히 그쪽도 멈춰 있다. 걸어서 올라가려면 계단 쪽이 좋다. 멈춰 있는 에스컬레이터는 서둘러서 오르내리다가 잘못 보고 넘어질 가능성이 크니까.

"아, 잠깐만."

앞서가려는 오토와의 손을 잡았다.

나는 으슥한 곳에 숨은 채 손거울을 꺼냈다.

홈센터 재고 속에서 찾아낸 물건인데, 한눈에 봐도 가정용이라서 생긴 건 정말 촌스럽지만, 거울 부분이 넓어서 나름대로 쓰기 편하고, 재고도 잔뜩 있으니까 아낄 필요 없이 대충 쓰다 버릴 수도 있어서 좋다.

"왜……?"

"안전 확인."

소리를 죽여서 그렇게 말했다.

계단은 보통 가게 안쪽에 있기 때문에, 주위에 이런저런 사각이 많다.

"손거울로 어쩌려고?"

"이러면 사각에 숨어 있는 적을 안전하게 찾을 수 있거든."

손거울만 밖으로 내밀고, 천천히 각도를 바꿔가며 주위를 확인했다.

"FPS에서 익힌 스킬이 현실에서 도움이 될 줄은 몰랐는데."

게다가 동네 슈퍼마켓 안에서 쓰게 될 줄이야.

항상 이렇게 사각을 확인하면서 전진하면 으슥한 데 모여 있는 좀비 무리와 갑자기 안녕하세요, 하고 인사를 나눌 확률이 크게 낮아질 테니까. 물론 제일 좋은 건 이 가게 안에 좀비가 없는 건데——

"……빙고."

신음하는 것처럼 중얼거렸다.

손거울에는 가게 안쪽에 있는 계단 옆…… 아마도 상품 창고로 연결된 것으로 보이는 문 앞에서 배회하는 좀비가 비쳤다. 숫자는 넷. 나와 오토와가 둘이서 기습하면 대처할 수는 있지만…….

"있어?"

"아쉽게도…… 그래봤자 몇 마리야. 어쩔래? 싸울까?"

그렇게 말하면서 허리에서 M360J〈사쿠라〉권총을 뽑았다.

처음에는 오토와가 가지고 있었지만, 며칠 동안 같이 행동하면서 이야기하다가 『총에 대해 잘 아는 히로아키가 가지고 있는 게 좋겠어』라면서 나한테 맡겼다.

참고로 만약에 대비해서 꼼꼼하게 분해 점검도 했지만, 아직까지 쏴본 적은 없다.

"안 돼, 그건 최후의 무기. 일단은 상황을 보자."

여전히 무표정한 얼굴로 그렇게 말하는 오토와.

처음 잡아본 진짜 총을 쏘고 싶어서 미칠 지경인 FPS 마니아를 냉정하게 달랬다—— 그렇게 보일 수도 있는데, 정작 오토와 본인은 애용하는 삽을 쥔 손이 꼬물꼬물 움직이

고 있는 걸 보면, 당장 뛰쳐나가서 좀비들을 쓸어버리고
싶어서 몸이 근질거리는 것 같다.

대체 뭐냐고…….

"그나저나 왠지 같은 장소만 계속 왔다 갔다 하고, 딴 데
로 갈 것 같지가 않은데."

좀비들의 행동이 뭔가 기묘했다.

사냥감을 찾아서 배회하는── 그런 게 아니다.

뭔가 기계적으로 같은 동작을 반복하고 있다. 가끔씩 선
반에 진열된 썩은 채소를 집었다 놓았다 하는 의미를 알
수 없는 행동도 하는데──

"저건 점원. 앞치마 했잖아."

"뭐……? 아…… 진짜네."

그 행동을 반복하는 좀비들은 하나같이 같은 디자인의
앞치마를 하고 있다. 피 같은 것 때문에 더러워져서 처음
에는 알아보지 못했지만.

"이번 좀비는 생전의 행동을 반복하는 타입 같아."

"이번이라니……."

지난번도 다음번도 없거든── 이라는 생각을 했지만,
오토와는 이 현실도 좀비 영화나 좀비 VR 게임 신작 정도
라고 인식하는 건지도 모른다. 뭐, 즐거워 보이니 다행이
지만.

"생전의 행동……?"

일단 문제는 그것이다.

"그럼 저놈들이 저러고 있는 건…… 혹시 상품 진열?"

"아마도. 그렇다면 계속 저러고 있을 거야. 우회하는 게 적절할지도."

소리를 최대한 줄이고, 진열대 뒤에서 또 다른 진열대 뒤로 이동해서, 우리는 조심조심 멈춰 있는 에스컬레이터를 걸어 올라가서 2층에 도달했다.

1층에서 나는 냄새가 올라오고는 있지만, 그래도 여기는 썩을 만한 것들이 거의 없어서 그나마 낫다. 솔직히 말해서──살았다.

나와 오토와는 통조림 코너 쪽으로 가서 등에 메고 있던 배낭을 벗었다. 이것도 홈센터에서 조달한 물건이다. 〈사쿠라〉를 분해하는 데 사용한 공구도 그렇고. 그곳을 아지트로 삼은 오토와는 정말 현명했다. 본인 말에 의하면 『기본이니까』라고 했지만.

"이 가방에 넣을 만큼 넣자."

통조림을 잡아서 배낭에 채워 넣는 우리 둘.

"소리 내지 말고."

"알았어."

아무리 무기를 가지고 있어도 숫자로 밀어붙이면 게임 오버다.

'하지만 총이 있으니까 왠지 안심이 된다니까.'

탄약은 다섯 발밖에 없고, 총열이 짧은 권총이라서 맞히기도 힘들 것 같지만…… 물리면 바로 끝장인 이 상황에서, 겨우 3미터 정도라도 떨어진 곳에서 일방적으로 공격할 수 있는 무기는 역시나 믿음직한 존재다.

물론 권총은 소리가 커서, 오토와 말대로 함부로 쓸 수는 없다. 소리 때문에 좀비가 모여들어서 포위당하기라도 하면 그 시점에서 끝장. 그래서 한두 마리를 재빨리 처리하기 위해, 나도 철제 쇠 지렛대를 장비하고 있다.

가능하다면 둘 다 쓰는 일 없이 끝내고 싶지만. 오토와랑 달라서 나는 좀비와 싸우는 자체를 즐기는 영역까지는 도달하지 못했다. 도달하면 하는 대로 뭔가 아닌 것 같기도 하고.

"생각보다 많이 안 남았네."

오토와가 중얼거렸다.

누가 통조림을 잔뜩 가져갔는지, 진열대에 빈자리가 많이 보였다. 하지만 스무개 정도는 확보했으니까, 나랑 오토와 둘이서라면 당분간 버틸 수 있겠지.

"어쩔 수 없네, 다른 가게도 가보자."

"뭐, 다른 가게? 이거면 되지 않나?"

"안 돼. 가야 해."

"……알았어."

이런 상황의 서바이벌에 대해서는 오토와가 더 잘 아니까.

어쩔 수 없이 배낭을 짊어지고 이동하려고 한── 그때.

"……!"

오토와 뒤쪽에서 뭔가가 천천히 일어났다.

"으어어……!"

이런— 경솔했다!

진열대 뒤쪽에 몸을 웅크린 좀비가 있었다. 1층에서 좀비를 확인한 직후인데다가 2층에는 썩은 내도 거의 안 나서, 무의식중에 2층에는 좀비가 없을 거라고 생각했었다. 하지만 점원 좀비가 생전의 행동을 반복하고 있다면, 2층에도 같은 놈들이 있어도 이상하진 않을 테니까——

"——!"

뒤쪽의 좀비를 알아차리고 바로 반격하려고 하는 오토와.

하지만—— 깡! 소리를 내며, 삽이 진열대에 걸렸다.

"아——."

"오토와!"

순간— 머릿속이 새하얘진 것 같은 기분이 들었다.

그런데 어떻게 몸이 움직였는지도 잘 모르겠다. 어쩌면 VR-FPS를 실컷 한 덕분에, 비상사태에 어떻게 행동할지에 대한 반사적인 행동이 몸에 배 있었을지도 모르고.

나는…… 내가 생각해도 반할 것 같은, 물 흐르는 것 같은 움직임으로 허리띠에 차고 있던 권총을 뽑았고, 이것 또한 무의식적으로, 왼손으로 총을 받치고 방아쇠를 당겼다.

가게 안에 굉음이 울린다.

오토와에게 다가가던 좀비의 머리—— 정확히는 코 아래쪽에 명중했고, 좀비가 얻어맞은 것처럼 고개를 뒤로 젖혔다. 그 순간에 움직임이 멈췄고, 오토와의 어깨에 닿기 직전이었던 손가락만 몇 번 경련하더니, 그리고는…… 좀비는 천천히 옆으로 쓰러졌다.

"맞았다……!"

실탄은 태어나서 처음 싸봤는데, 의외로, 잘 맞았다.

너무 정신이 없어서 생각도 못 했지만…… 머리를 노렸는데 조금 아래에 착탄한 건, 방아쇠를 당길 때 너무 힘을 줬기 때문이겠지. 방아쇠가 무겁고 당기는 거리가 긴 더블 액션 리볼버니까 어쩔 수 없다. 오히려 재빨리 왼손을 받치고 안정된 사격 자세를 취한 나 자신을 칭찬해주고 싶다.

가슴이나 배에 맞았다면 탄의 위력이 낮기도 해서 좀비를 막지 못했을 것이다. 급소인 대뇌에서 빗나가기는 했지만, 대뇌와 직결된 척추에 착탄했으니까 좀비를 즉사— 아니, 즉각 무력화할 수 있었다.

"좋았어! 나 천재 아냐?!"

나도 모르게 승리포즈를 했다.

하지만—— 오토와는 약간 불만인 것 같다.

"권총은 최후의 무기라고 했는데……."

"그런 소리 하지 마, 그 상황에서 뭘 어떻게 하라는 건데?"

내가 쏘지 않았다면 틀림없이 오토와가 물렸거나——
손톱에 긁혔겠지.

　하지만 당당하게 총소리를 울린 건 큰일인지도 모른다.
아래층의 좀비들을 불러들이게 될 가능성이 크다.

　"도망치자. 전술적 철수. 에스컬레이터로."

　아마도 좀비들은 가까운데 있는 계단으로 올라오겠지.
그렇다면 조금 뛰어 내려가기 힘들어도 에스컬레이터를
이용해서 도망쳐야 한다. 출입구도 가깝고.

　나는 오토와의 손을 잡고 에스컬레이터 쪽으로 가기 위
해서 발을 뗐다.

　그리고——

　"……미안."

　나한테 이끌려서 걸으며, 오토와가 그렇게 말했다.

　"……뭐?"

　나도 모르게 멈춰 서서 오토와 쪽을 봤다.

　오토와는 고개를 살짝 숙이고, 중얼거리는 목소리로 이
렇게 말했다.

　"그리고…… 구해줘서, 고마워."

　"그, 그래."

　그럴 상황이 아니라는 걸 알고 있는데, 나는 내 심장이
묘하게 뛰는 걸 느꼈다. 그러니까, 그건 반칙이거든 오토
와. 평소엔 무표정한 주제에—— 뭐 지금도 표정은 거의
없지만, 이런 때만 고개를 살짝 숙이고 부끄러워하면서

『고마워』라니! 지금은 너무 큰 격차 때문에 두근거리고 있을 상황이 아니라고!

"으아——."

예상대로, 우리가 에스컬레이터에 들어섰을 때 점원 좀비들이 계단을 통해서 2층으로 올라오는 모습이 보였다. 아니. 예상보다 많다.

"뒷마당이라도 있었나?"

위험해. 이건 위험해. 하지만 서둘러서 뛰어 내려가다가 넘어지기라도 하면 틀림없이 따라잡힌다——— 내가 그런 초조한 기분을 느끼고 있는데.

"———에잇."

오토와가 에스컬레이터 근처에 방치돼 있던 쇼핑 카트를 걷어찼다.

그 카트는 멋지게 좀비 무리 쪽으로 향했고, 제일 앞에 있던 놈한테 충돌. 그리고 그 좀비가 넘어지면서 뒤따라오던 놈들까지 같이 쓰러지는 모습이 보였다.

"훌륭해."

"에헤헤."

아주 조금이지만 의기양양하게 웃는 오토와.

아니, 그러니까 지금은——— 아, 진짜, 이 자식 진짜 귀엽잖아?!

"아무튼 도망치자!!"

"응——— 잠깐, 뭐, 뭐야?!"

나는 에스컬레이터를 걸어서 내려가는 게 아니라, 오토와의 작은 몸을 안아 들고는 손잡이 부분에 올라타서 단숨에 미끄러져 내려갔다. 오토와 식으로 말하자면 『액션 영화에서 기본』인 에스컬레이터 이동 방법이다. 평소 같으면 점원 분한테 엄청나게 혼났겠지만, 아쉽게도 지금은 전부 시체가 돼서 으어어어 소리만 하고 있다.

"꺅——."

안긴 채 놀란 목소리를 내는 오토와.

부끄러워하는 건지 볼이 살짝 빨개진 것 같지만, 지금은 그런(이하 생략).

"가자!"

1층에 도착하자 오토와를 내려놓고 소리쳤다.

고개를 돌려보니 좀비들이 에스컬레이터 위쪽 끝에 도달해 있는 게 보였다.

이 정도면 내려오기 전에 가게에서 나갈 수 있겠지.

얼굴을 마주 보고 고개를 끄덕이고, 우리는 동시에 뛰쳐나갔다.

"이번 좀비는 발이 느려서 다행이네."

"거기엔 동감이야!"

그런 말을 주고받는 나와 오토와.

기분 탓일 수도 있지만, 최근 이틀 동안 꽤 호흡이 잘 맞게 된 것 같은 기분이 든다.

그게 묘하게…… 기뻤다.

그리고 나는── 슈퍼마켓에서 조금 떨어진 곳에 있는 맨홀 쪽으로 뛰어가서 허리에 차고 있던 쇠 지렛대로 뚜껑을 열었고, 오토와와 함께 그 안으로 뛰어들었다.

●

"──궁금했는데 말이야."

무사히 아지트인 홈센터에 귀환한 우리는 전리품인 식량을 정리했다.

구체적으로는 남은 유통 기간별로 분류해서 상자에 담는 작업이다.

참고로 홈센터에는 원래 보존식품── 예를 들자면 인스턴트 라면이나 포테이토칩 같은 과자류, 그리고 건빵이 조금 남아 있었지만, 오토와가 여기에 들어왔을 때 이미 잔뜩 없어진 상태였다고 한다.

이건 슈퍼마켓에서도 마찬가지였다.

아마도 좀비 참사 초기에 강탈하러 왔던 놈들이 있겠지. 어쩌면 오토와가 『처리했다』고 말한 좀비가, 그놈들이 변한 것들이었는지도 모른다.

"식품이 필요한 건 알겠는데, 챙겨두는 양이 너무 많은 것 아냐?"

최근 일주일 동안, 우리는 걸어서 갈 수 있는 범위에 있는 가게들을 돌아다니면서 식량과 각종 물자들을 조달했다. 하지만 식량은 은근히 제일 먼저 털렸는지, 어느 가게에서도 『대어』라고 할 정도는 아니었다.

그래도—— 나랑 오토와 둘 만이라면 반년 정도는 먹을 만큼의 양을 확보했다.

시내를 돌아다녀도 보이는 건 좀비들뿐이고, 그놈들은 통조림을 열어서 먹지 않으니까 그렇게 급하게—— 매일 위험을 무릅쓰면서까지 식량을 확보하러 다니지 않아도 될 것 같은데. 아마도 통조림은 내일도, 모레도 썩지 않고 거기 있을 테니까.

"왜 이렇게 서둘러서 식량을 모으는 거야?"

"——히로아키."

오토와는 의자에 앉은 채로 자세를 바로잡고 날 쳐다봤다.

"왜, 왜?"

"좀비 재난이 세상을 뒤덮었을 때, 뭐가 제일 위험하지?"

아. 오토와가 『강의 모드』에 들어갔다.

최근 일주일 동안에 대충 알았는데—— 좀비 마니아인 오토와한테는 당연한 일이라도, 마니아가 아닌 나는 이해하지 못하거나 의미를 알 수 없는 것들이 잔뜩 있다. 그리고 내가 거기에 대해 의문을 품으면 오토와는 아주 열심히, 마치 강사가 학생을 가르치는 것처럼 이것저것 설명해 줬다.

아무래도 본인이 재미있어하는 것 같고 도움이 되는 것

도 많아서, 나도 오토와의 『강의』를 즐겁게 듣고 있다.

"뭐긴…… 그야 좀비 아니겠어?"

"땡. 틀렸어."

척, 소리가 날 것 같은 동작으로 내 코앞에 손가락을 들이대며, 오토와가 말했다.

"그럼 뭔데?"

"제일 귀찮은 건, 사람."

"그게 무슨——…………아냐, 그러고 보니……?"

좀비 영화의 기본은 잘 모르지만, FPS에서 사이가 좋았던 팀이 딱 한 사람이 새로 들어오면서 인간관계가 깨지고, 최종적으로는 끝도 없이 말싸움을 하는 모습을 두 번 정도 본 적 있다.

사실 내가 솔로 플레이 용병 스타일인 경우가 많았던 것도, 원래 짜증나는 놈들이 자꾸 시비를 걸어서 학교도 안 가게 됐는데…… 인터넷에서까지 그런 더러운 인간관계를 보고 질력이 났기 때문이다.

사람은 세 명이 모이면 파벌이 생기고 싸우기 시작한다는—— 그런 말도 있다.

국가 체제가 붕괴하고 법률이 유명무실해진 세상에서는 인간의 이기심이 그대로 드러나게 되고, 극한상황에서 앞뒤 가리지 않고 행동하는 놈도 나타나겠지. 평소에도 사소한 일 때문에 자포자기하는 놈들이 있으니까.

"극한적인 상황에서 사람들끼리 싸우는 건 좀비 영화의

기본. 최종적이고 최종적인 적은 사실 사람이었다── 정말 흔한 얘기."

"……그렇구나."

"그리고 인구가 많은 지역에서는 좀비 숫자도 빠르게 증가해. 그래서 우리는 한시라도 빨리 도심에서 탈출해야 해."

오토와는 그렇게 결론을 내렸다.

"하지만 도심에서 탈출하려고 해도, 식량을 자력으로 조달할 수 있게 되려면 시간이 걸리니까, 그동안에 식량과 자재 확보는 필수야."

아…… 그런 얘기구나.

동물을 사냥하거나 물고기를 낚는데도 익숙해져야 할 테고, 사냥터나 낚시터를 찾느라 고생할 수도 있다. 작물을 재배하려면 시간과 수고가 더 많이 필요할 테고. 그동안에 먹고 살 식량은 있어야겠지.

"그러기 위해서 비축하는 거구나…… 그런데 이 많은 걸 어떻게 운반할 거야?"

홈센터 안에 대형 쇼핑 카트가 있기는 하지만 거기에 전부 싣는 것도 무리고, 장거리 이동은 힘들다. 긴 언덕길이나 길도 없는 곳을 계속 쇼핑 카트를 밀면서 이동하다니, 생각만 해도 정신이 나갈 것 같다.

"그래. 그게 문제야."

참 잘했다는 것처럼 고개를 끄덕이는 오토와 선생님.

오토와는 단 한 사람뿐인 학생 ——바로 나—— 을 가리
키면서 물었다.

"그러려면 필요한 건?"

"당연히 자동차겠지."

인류의 위대한 발명품 중에 하나—— 자동차.

"그것도 가능하다면 험지 주행…… 길이 없는 곳도 달릴
수 있고, 짐도 많이 싫을 수 있고, 좀비한테 둘러싸였을 때
단숨에 돌파할 수 있을 정도로 튼튼하면 최고겠지?"

"정답. 그래서 어느 정도 식량을 비축하면 그다음에는
자동차 확보."

"그러고 보니까 홈센터 근처 도로에 차가 몇 대 방치돼
있었잖아? 그걸로 운반하는 건 어때?"

"무리."

오토와가 바로 대답했다.

"무리라니—— 아, 열쇠가 없어서? 하지만 그런 건 전선
을 뽑아서 이렇게, 찌직—— 하고 말이야, 엔진 직결이던
가? 그러면 시동이—— ."

"당연히 해봤어."

오토와가 태연하게 말했다.

이미 해본 거냐. 범죄 행위인데, 그런 건 전혀 주저하지
않네. 뭐, 권총을 확보하려고 파출소를 덮쳤던 녀석이니
까, 이제 와서 놀랄 일도 아니지.

"그랬더니 경보가 울려서 좀비들은 다가오고, 문까지 잠

겨서 나오느라 고생했어."

"아…… 그렇구나."

요즘 차들은 이런저런 보안 장치가 잘 돼 있다는 얘기를 들은 적이 있다. 함부로 손을 댔다가는 되레 궁지에 빠질 뿐이겠네.

"그렇다면 괜히 그런 차들을 직결하는 것보다 열쇠가 있을 것 같은 차를 찾는다든지, 열쇠가 꽂혀 있는 차를 찾는 건—— 그것도 안 되겠네."

무선식 스마트키가 보급된 지도 한참 지났다. 이제는 도로를 달리는 차들 절반 이상은 굳이 『열쇠를 꽂아서 돌리는』 동작을 할 필요가 없다. 주머니에 차 본체와 무선 통신으로 연결된 스마트키만 있으면, 알아서 잠금장치가 풀리니까.

"스마트키나 최신 방범 기능이 없는…… 구식 차를 찾는다든지……?"

조건이 많이 깐깐해졌네.

가능하다면 대형 사륜구동이나 미니버스, 최소한 밴이나 경트럭 정도가 있으면 좋겠는데.

"아, 그런데 나, 면허 없거든."

"당연히 나도 없어."

"무면허 운전할 생각이구나……."

질려서 말했지만 오토와는 태연하게 대답했다.

"누가 잡는데?"

"누구기는, 그야, 아무도, 없구나……."

우리한테 익숙한 상식이 있는 세상은 이미 존재하지 않는다.

"문제라면, 우리가 운전해본 경험이 없다는 점. 운전을 해본 적 없는 사람이 당황해서 운전하다가 넘어지고, 좀비한테 둘러싸인다── 이것도 기본."

"그렇구나."

뭐, 차마다 감각이라든지 여러 문제가 있을 테니까…….

"그러니까 히로아키. 운전해본 경험 있어?"

"그거 알아? 나도 너처럼 고등학생이거든?"

그리고 좀 전에 면허 없다고 했잖아.

"경험이 없으면 지식만 있어도──."

그렇게 말하려다가 문득, 허리에 차고 있는 권총의 무게를 의식했다.

처음 쏴본 진짜 총. 백점만점과는 거리가 멀지만, 내가 쏜 첫 실탄은 확실하게 효과를 발휘해서 오토와를 구해줬다. 초보자의 운이 그렇게 계속 발휘될 것 같지는 않지만, 이번에도 어떻게든 될지도…….

"아냐, 어떻게 되려나?"

"되는 거야?"

자기가 물어놓고, 놀라서 눈이 살짝 휘둥그레진 오토와.

"FPS에서 운전하면서 싸우는 미션도 있었고, 어지간한 차들은 험비보다는 운전하기 쉽겠지."

"험비? 그게 뭔데?"

고개를 갸웃거리는 오토와.

"아…… 그러니까…… 뭐, 그게, 커다란 차야. 군용차."

험비란 FPS에서는 기본 중의 기본인 군용 차량—— 정확히 말하자면 고기동성 다목적 차량(HMMWV)을 뜻한다. 근현대전을 다루는 FPS에서는 거의 필수적으로 나오고, 리얼하게 재현된 이 차량을 운전할 수 있는 게임도 많다.

VR-FPS에서 사격 감각이 몸에 뱄다면, 아마도 차도 운전할 수 있겠지.

"뭐, 적당한 차가 있으면 시험해보자고."

"——응."

그렇게 말하자 오토와가 고개를 끄덕였다.

그런 오토와를 보면서——

'제일 큰 문제는 사람…….'

무슨 말인지는 이해했다.

하지만, 그렇다면—— 오토와는 왜 나를 구해줬을까.

아니, 같이 가게 해달라고 부탁한 건 내 쪽이지만, 좀비 영화에서는 사람이 좀비보다 위협적인 기본이라면, 오토와는 처음부터 날 버려두고 계속 단독행동을 했어야 하지 않을까.

왜 버려두지 않았을까? 짐을 잘 들 것 같아서?

아니면——

'이것도 좀비 영화의 기본이려나?'

그런 생각을── 손으로는 식료품을 정리하면서, 멍하니 생각했다.

●

밤…… 평소처럼 홈센터 스태프 룸에서 취침하기 조금 전에.

"충전── 다 됐어."

오토와가 그렇게 말하면서 내민 건 내 스마트폰이었다.

방구석 폐인 주제에 웬 스마트폰? 이라고 할 수도 있겠지만, 고등학교 입학 선물로 받은 물건이고, 그때는 나도 학교에 다녔다.

뭐, 밀리터리 관련이나 총기 관련 취미는 그때부터 시작됐고, 이미 FPS에 빠지기 시작했던 시기── 학교가 끝나면 같이 놀자는 얘기를 전부 거절하고 바로 집에 와서 게임을 했던 탓인지, 친구는 거의 없지만. 등록된 번호와 메일 주소도 열 개 정도밖에 안 된다.

"고마워. 망가지지 않아서 다행이네……."

집에서 도망친 그 날부터 계속 스마트폰 전원을 꺼놨는데…… 어제 문득 생각이 난 게 있어서 다시 켜봤다.

그런데 배터리가 자연 방전이라도 됐는지, 바로 배터리가 부족하다고 꺼져버려서 쓸 수가 없었다.

"자……."

스마트폰을 켜고, 바로 인터넷 접속을 시도했다.

목적은 정보 수집이다.

시가지에서 탈출하자는 오토와의 계획에는 일단 찬성이지만, 아무런 조사도 없이, 어디로 갈지 정하지도 않고, 그저 무작정 이 동네에서 나가기만 하면 된다── 는 아닌 것 같으니까.

계획 없이 행동하면 큰코다친다. 도로 정보는 물론이고 아직까지 정부기관 같은 것들이 남아서 활동하고 있다면 그 정보가 들어올지도 모른다. 우리가 처해 있는 상황에 대한 정보는 많으면 많을수록 좋을 테니까.

하지만──

"새로 들어온 메일도, 메시지도, 부재중 전화도 없나……뭐, 당연하다면 당연한 일이지만."

앞에서 말한 것처럼 원래 등록된 상대 자체가 가족까지 포함해서 열 명이 될지 말지니까. FPS 플레이어 리스트가 유출이라도 됐는지 회사에서 멋대로 보내는 스팸 메일을 제외하면, 네 스마트폰 메시지 저장함에 있는 메시지는 스무 개 정도밖에 안 된다.

'그러고 보니──.'

레이븐.

갑자기 그『스트래글 필드』의 어시스턴트 AI가 생각났다.

레이븐은 로그아웃해서 현실로 돌아가려는 나한테『무운을 빈다』고 했고, 날 본명으로 불렀다. 다시 생각해보니 내가 그 직후에 좀비 사태에 직면하게 되리라는 걸 알고 있다는 말이 아니었나 싶었다.

하지만…… 그럴 수가 있을까? 있다고 해도 뭘 위해서?

상대는 사람도 아닌, 게임 운영회사 서버에 있는 가상 인격인데. 최신식 고도의 AI 프로그램을 탑재한 덕분에 마치 사람이랑 얘기하는 것처럼 대화를 할 수는 있지만— 아니, 가상인격이라는 건 사실 거짓말이고, 예를 들어서 만약 레이븐을 사람이 조종하고 있었다면, 세상이 이런 상황이 된 지금, 나한테 그런 말을 할 의미가 있을까?

"……잠깐만."

내가 마지막으로 말했던 레이븐…… 그게 정말로 어시스턴트 AI 캐릭터였을까?

앞에서도 말한 것처럼 레이븐은 은근히 인기 있는 캐릭터고, 굿즈도 많이 나와 있다.

그리고── 내가 했던 『스트래글 필드』에서는 캐릭터의 외모를 다양하게 커스터마이즈 할 수 있다. 의상은 물론이고 체격이나 얼굴도 자유자재, 마음만 먹으면 남자든 여자든 아바타를 만들어서 플레이할 수 있다.

그래서 재미 삼아── 레이븐과 똑같이 생긴 아바타를 만든 놈이 있었을 것이다. 만약 그런 『롤플레이어』가 나랑 대화했었다면, 실제로는 AI가 아니라 진짜 사람과 얘기했다는 뜻이 된다.

하지만…….

'내 본명을 아는 사람이……'

운영진은 그렇다 치고…… 같은 플레이어라면 정말 몇 명 안 된다.

"그 녀석은…… 어떻게 됐으려나."

문득, 어떤 플레이어가 생각났다.

기본적으로 VR-FPS, 특히 『스트래글 필드』에서 친구 등록한 플레이어들은 서로의 거리감을 알고 있다고 할까, 기본적으로 게임 안에서만 어울린다.

그래서 내 콜사인이 아니라 본명을 알고 있는 사람은 지극히 한정된다.

하지만 몇 명박에 안 되는 등록된 『전우』 중에 한 사람, 콜사인 〈지노〉, 이 녀석은 내 주소를 알고 있다. 그리고 나도 이 녀석의 주소를 알고. 정확히 말하자면 약간 그럴 필요가 있어서, 메일로 서로의 주소를 주고받은 적이 있었다.

직접 만난 적은 한 번도 없고 얼굴도 모르지만, 이 녀석하고는 왠지 죽이 맞았다고 할까—— 서로가 하이랭크 플레이어인데다가, 같이 싸워보면 왠지 호흡이 잘 맞았다.

〈지노〉는 말수가 그다지 많지는 않았는데, 플레이하는 중에 잡담에서도 철저하게 롤플레잉을 했다고 할까…… 현실 세계 얘기를 거의 안 해서 호감이 갔다.

"그 녀석?"

귀신같이 알아들은 오토와가 물었다.

"응. FPS 게임에 아는 사람. 동료였어. 은근히 마음이 맞

았다고 할까…… 이래저래 도움을 많이 받았거든. 집이 옆
에 시라고 해서, 갑자기 생각이 났거든."

"흐응?"

어째선지 의심하는 눈으로 날 쳐다보는 오토와. 표정은
평소와 똑같지만 목의 기울기와 시선의 각도를 보면 왠지
알 수 있다. 뭘 어떻게 의심하는 건지는 모르겠지만.

"정보 수집하려는 거 아니었어?"

"아, 미안──."

인터넷도 언제 끊어질지 모른다. 이제는 보수작업을 할
사람도 없을 테니까. 정보를 수집하려면 최대한 빨리 해야
겠지.

그런데──

"뭐야? 놀아? 게임해?"

내 어깨 위에 턱을 올려놓고 스마트폰 화면을 들여다보
는 오토와.

저기요, 너무 가깝거든요 오토와 씨. 머리카락이 뺨에
닿아서 간지럽거든요.

게다가 내 등에 두 손을 대고 기대니까 왠지 끌어안은
것 같아서 창피하거든요. 그나저나 이 녀석은 창피하지도
않은가. 이 녀석의 수치심 경계선이 어딘지 모르겠다.

"하나도 없네. 메일."

"내버려 둬."

"히로아키는 친구 없어?"

"자꾸 상처 후벼 파지 말아줄래?"

"나도 거의 없거든. 동지다."

그렇게 말한 오토와는 평소처럼 무표정했지만.

왠지 좋아하는 것처럼 보이는 건 기분 탓이려나.

뭐, 평소부터 좀비가 어쩌네 하는 마니아 같은 모습을 보여주고 하수도를 탐색하러 다니는 여고생이니까. 친구가 그렇게 많을 것 같지도 않지만── 하긴, 그런 면에서 보자면 나도 오토와랑 다를 게 없지만.

"응. 동지네."

그렇게 말하면서 인터넷 브라우저를 켰다.

뉴스, 커뮤니티…… 정보를 다각적으로 얻으려면 역시 전용 툴이 아니라 브라우저를 켜서 각 사이트를 돌아보는 쪽이 빠르다.

"뭐야── 게임하게? 이 상황에서?"

"아니야! 이걸 초기 페이지로 설정했을 뿐이야!"

브라우저에는 초기 페이지로 설정해둔 VR-FPS『스트래글 필드』의 공식 홈페이지가 표시돼 있다.

그리운 화면이다. 벌써 그런 생각까지 든다. 마지막으로 로그인한지 일주일밖에 안 됐는데, 벌써 몇 년이나 지난 기분이다. 이런저런 일들이 있어서, 너무 많이 있어서, 그리고 농밀한 시간을 보낸 결과── 기나긴 세월이 지난 것 같은 기분이 들었겠지.

"그리고 스마트폰 성능 가지고 VR-FPS는──."

거기까지 말했을 때.

"…………어?"

공식 홈페이지── 한쪽.

거기에 내 계정에 특화된 정보 표시 창이 열려 있다.

정확히 말하자면 그 어시스턴트 캐릭터…… 레이븐의 그림이 있고, 거기에 만화 대사창처럼 『대사』가 적혀 있다. 마치 『자, 주목해주세요』라고 말하는 것 같은 분위기다.

그건 그렇다 치고── 문제는 그 대사창의 내용이다.

"〈지노〉?!"

나도 모르게 큰 소리를 냈다.

게임 『스트래글 필드』에서 몇 번인가 같이 싸웠던 『전우』의 계정이 로그인한 기록이 남아 있었다. 서로 친구 등록을 해뒀기 때문에 자동으로 통지되는 것이다.

"마지막 로그인 시간…… 어제잖아?!"

"왜 그래?"

오토와가 무슨 일이냐는 투로 물었다.

"지노? 이상한 이름이네?

"남의 이름 가지고 그런 소리 하지 마!"

나도 모르게 그렇게 말하고, 약간 흥분해서 계속 말했다.

"Ziino, 지노, 그 녀석 닉네임이야. 원래는 이탈리아인가 어디에서 쓰는 사람 이름에서 따온 것 같거든."

원래 사람 이름은 Gino라는 스펠링이다. 하지만 그건 너무 흔한 닉네임이다 보니 그대로 쓰면 다른 플레이어랑 중복돼서 등록할 수 없으니까, G를 Z로 바꿨다고—— 예전에 본인이 그렇게 말한 기억이 있다.

"아까 말했잖아. 내 FPS 동료고, 집이 옆의 시에 있다고."

"어떤 사람인데?"

오토와가 관심이 생겼는지 그렇게 물었다.

"뭐, 예의 바르고 FPS 실력도 좋고. 그리고—— 아, 부모님이 돈이 많으시다나. 아버지가 무역상이고, 취미가 사냥이랑 사격이라고 했는데……."

거기까지 말했을 때, 한 가지 사실을 깨달았다.

"오토와. 얘네 집까지 가보자."

"뭐? 왜?"

눈을 깜박이면서 묻는 오토와.

"〈지노〉의 마지막 로그인은 바로 어제야. 한마디로 아직 살아 있을 가능성이 커. 그리고 그 녀석네 집에는 총이 있을 거야. 아마도 사냥할 때 쓰는 사륜구동 자동차도."

"게임은 좀비 나오는 거 말고는, 잘 모르지만……."

오토와가 눈을 깜박이면서 말했다.

그나저나 얘는 정말—— 좀비 말고는 관심도 없는 건가? 그러고 보니 『바이오해저드』 최신작도 드디어 VR-FPS에 대응한다는 소문이었지만…… 지금은 그런 얘기 할 상황이 아니고.

"그 사람은 죽었는데 컴퓨터가 멋대로 자동 로그인했을 가능성은?"

"아예 없다고 할 수는 없지. 하지만 VR-FPS는 플랫폼이나 고들, 건 콘트롤러, 전용 슈즈 같은 것들을 전부 준비하고 링크해야만 로그인할 수 있거든. 안 그러면 튕겨."

원래는 봇 대책으로—— 각 기기가 플랫폼 위에 있는 것이 확인돼야만 로그인할 준비가 됐다고 판단하는 것이다. 물론 그것들을 적당히 플랫폼 위에 올려놓거나 매달아 놓던지 하면 본인이 없어도 어떻게든 될 수도 있지만…… 그렇게까지 해서 지금 이 세상을 속여서 뭘 어쩌겠냐고.

"……."

오토와는 잠시 화면을 봤지만.

"그래도 권총 정도는 있으니까."

——그렇게 말하면서 내가 허리에 차고 있는 권총을 가리켰다.

"있기는 하지만 탄약도 앞으로 네발밖에 없고, 앞일을 생각하면 큰 총—— 라이플이나 샷건이 있는 쪽이 좋아. 사냥용은 위력이 있으니까 한 방에 좀비 머리를 날려버릴 수도 있고, 식량을 확보하기 위해서 야생동물을 잡을 때도 좋을 거야."

정작 사용해보니 이 권총이 예비 무장으로 휴대할 수 있다는 점에서 상당히 뛰어난 무기라는 걸 알 수 있다. 작고 가벼워서 가지고 다녀도 크게 부담되지 않고, 회전식 탄창이라서 쏠 때마다 일일이 노리쇠를 조작하거나 안전장치를 해제할 필요도 없다. 뽑아서 방아쇠만 당기면 탄이 발

사된다. 그리고 자동 권총처럼 탄이 걸리는 일도 없다.

하지만 솔직히 말해서…… 다섯 발밖에 안 되는 적은 장탄수와 2인치짜리 짧은 총열 때문에 발생하는 낮은 명중률 때문에 많이 불안하다. 38 스페셜이라는 탄약도 위력이 좀 불안하고.

예전에 19세기에 미군이 필리핀에서 모로족과 싸웠을 때…… 38구경으로는 타격력이 부족해서 돌격해오는 모로족을 쓰러트리지 못한 일이 있었고, 그 뒤로 미 육군은 위력이 강한 45구경을 80년도 넘게 제식 권총 탄약으로 사용해왔다. 그리고 특수부대 같은 곳에서는 아직도 이 45구경 탄을 많이 사용한다― 이건 총기 마니아나 밀리터리 마니아들 사이에서는 꽤 유명한 이야기다. 뭐 실제로는 38구경의 위력이 부족했던 게 아니라, 함성을 지르면서 돌진해오는 모로족 전사를 보고 겁먹은 미군병사들이 총을 엉망으로 쏴서 빗나갔을 뿐이라는 얘기도 있지만― 그건 그렇다 치고.

원래 죽은 사람인 좀비는 그냥 총을 맞는다고 멈추지 않는다. 뇌간 부분을 파괴하지 않으면 심장을 맞아도 배를 맞아도 끄떡없다. 사람이라면 총을 맞는다는 공포와 충격 때문에 근육이 수축해서 움츠러들고, 쓰러지고, 또는 뒤로 날아가는 것처럼 보이기도 하지만― 좀비한테는 그런 반응을 기대할 수 없다.

보다 큰 위력, 보다 사정거리가 긴 총을 구하면 좀비를 상대로 싸울 때 상당히 유리해질 것이다.

"그런데, 아직 거기 남아 있을 가능성은 있어?"

"그건…… 가보지 않으면 몰라."

"흐응."

"오토와?"

발을 돌려서 걸어가는 오토와를 황급히 좇아갔다. 오토와는 스태프룸 책상 서랍에서 책을 한 권 꺼냈다.

"저기, 오토와?"

"어디야? 그 집."

자동차 안에 흔히 있는 책 모양 전국 도로 지도다.

이런 홈센터에서는 손님이 구입한 상품을 배달하는 서비스도 하니까, 스태프룸에 이런 지도책이 항상 비치돼 있을 만도 하겠지.

"그러니까…… 분명, 여기었어."

내가 가리킨 장소는 지도만 보면 상당히 넓은 토지고, 세워져 있는 저택도 엄청나게 커보인다. 이제 와서, 〈지노〉네 집이 정말 부자라는 걸 알았다.

"기억 안 나?"

곁눈질로 날 보며, 오토와가 물었다.

"그게, 가본 적은 없어."

"무슨 소리야?"

"그러니까…… 얼굴을 본 적은 없다고. 현실에서 만난 적이 없어. 온라인게임 동료나 친구들은 보통 그래. 내 콜사인은 알아도, 본명은 거의 모르고."

좋건 나쁘건 서로 간에 익명, 서로가 플레이어 캐릭터라
는 가면을 쓰고 있기에 현실의 귀찮은 응어리를 끌어들이
지 않고 지낼 수 있는 것이다.

"그냥 예전에 한 번, SR25── 중고 FPS 콘트롤러를 나
한테 보내준 적이 있거든. 그때 택배 보낸 사람 주소가 여
기였어."

그때 분명히 지노의 본명도 적었었는데── 아마 코사
하나 쇼지라는 이름이었다. 뭐, 현실세계 이름이 어떻게
되건 간에 나한테 그 사람은 코사하나 쇼지가 아니라 〈지
노〉니까, 본명은 크게 신경도 안 썼지만.

"……그거…… 정말 아는 사람 맞아?"

무표정한 얼굴로 고개를 갸웃거리면서 묻는 오토와.

"직접 만난 적은 없지만, 게임에서는 몇 번이나 같이 싸
운 전우라고!"

"그 사람도 총 잘 다뤄?"

"그래. 저격 실력이 상당해. 나도 여러 번 도움을 받았지."

그렇게 말하며, 스마트폰을 조작해서 기억하고 있는 주
소를 입력── 스트리트 뷰를 표시했다.

"──찾았다. 아마 여기에."

교외에 있는 한산한 주택가…… 그중에서도 구석.

그곳에 있는 것은 작은 화면 안에 다 들어가지 못할 정
도로 커다란 저택이었다. 모양은 서양식── 소위 말하는

서양식 저택이다. 언덕을 등지고 있는 탓인지 주위에 있는 다른 집들보다 유난히 커 보인다.

헤에—— 이게 걔네 집이구나.

하얗고 높은 외벽에 둘러싸인 멋진 문도 그렇고…… 정말 부잣집 같은 저택이다.

"커다란 차도 있는 것 같아."

"그러게, 있네."

문 너머로 자동차가 여러 개 보인다. 전부 승용차지만 벤츠나 BMW같은 고급 대형차들이다. 물론 이 스트리트 뷰 사진은 실시간 사진이 아니까, 이 차들은 이 혼란 속에서 이미 없어졌을 가능성도 크다. 무엇보다 이 저택 자체가 지금도 있으리라는 보장이 없지만—

"혹시 모르니까 가보자. 응?"

"알았어."

주먹을 꽉 쥐고 역설하는 내 앞에서, 오토와가 삽을 손에 들고 고개를 크게 끄덕였다.

……어라? 지금까지는 그다지 내키지 않는 것 같더니, 왜 갑자기 의욕이 생겼지? 그것도 〈지노〉네 저택을 보자마자?

"……낡은 건물이 아닌 게 조금 아쉽지만……."

"……뭐?"

"교외의 낡은 서양식 저택에 잠입하는 것도 좀비물의 기본."

"기본이라니──."

"특히 『바이오하자드』 시리즈라든지."

"……그렇긴 하지."

오래된 서양식 저택에 들어간 젊은이들이 쓸데없는 짓을 하다가 전멸하는 것도 호러 영화의 기본 패턴 같지만…… 여기서 오토와의 의욕을 꺾어봤자 의미가 없으니까 그냥 가만히 있기로 했다.

●

아무래도 다른 시까지 가려면 하수도만 통해서 갈 수는 없다.

기본적으로 하수도는 각 지자체가 관리하기 때문에 다른 행정구역과 이어지지 않는 경우도 있고, 무엇보다 오토와가 그렇게 먼 곳에 있는 하수도까지 알고 있을 리가 없기 때문이다.

게다가 걸어서 가기에는…… 조금 힘들다.

그래서 우리는 중간까지 홈센터에 있던 MTB를 타고 이동하기로 했다. 물론 차보다 속도도 느리고 넘어질 위험도 있지만, 걸어가는 것보다는 빠르고, 좀비한테서 도망치는 것도 비교적 쉬울 거라고 판단했다.

실제로 중간에 두 번 정도 좀비 집단을 발견했지만, 우리는 재빨리 우회해서 다른 길로 갔고, 덕분에 전투를 피할 수 있었다. 아무래도 자전거를 타고서는 싸우기도 힘들고, 몸 어딘가가 잡히기라도 하면 바로 넘어지고── 그다음에 물릴 게 뻔하니까. 일단 가까이 가지 않는 게 좋겠지.

그렇게 해서──

"……히로아키."

"왜?"

"안 될 것 같아."

"…………."

나는 아무 대답도 할 수가 없었다.

나와 오토와가 보고 있는 곳.

그곳에는 우리가 찾는 집── 아니, 『저택』이라고 불러야 할 것 같은 건물이 있다.

예전에 내가 살았던 부지 면적 20평 정도의 단독주택과는 차원이 다르다. 흰색 바탕의 커다란 2층 건물인데다 앞뒤보다 좌우 방향으로 커다란 건물이고, 거기에 마당과 유난히 긴 담장이 빙 둘러쳐져 있다.

무슨 성도 아니고, 라고 말해주고 싶어지는 건물이었다. SWAT 계열 게임에서 돌입 같은 걸 해보면 꽤 재미있을 것 같다고, 내 VR-FPS 두뇌가 그런 생각을 했다.

"……하나, 둘, 셋, 넷, 다섯………… 많아."

"무슨 유치원 애들이냐."

아무튼 그 커다란 저택을…… 좀비 무리가 둘러싸고 있다.

그것도 엄청난 무리가. 오토와가 중간에 세는 걸 포기한 것도 당연한 일이다. 아무리 적게 잡아도 열이나 스물 정도가 아니라── 아예 자릿수가 다른, 백 마리 이상은 있겠지.

이 주변의 좀비들이 전부 여기로 모인 것처럼 보일 지경이다.

우리는 자전거에서 내리고, 좁은 건너편에 있는 건물 뒤에 숨어서 이 모습을 지켜보고 있다.

"저 저택이 틀림없어?"

"그래, 틀림없어."

스트리트 뷰에서 봤던 담장도 있다. 하지만 순백색이었던 벽은 무참할 정도로 시커먼 색으로 범벅이 됐고 문도 반쯤 부서져 있었지만……. 저 검은 색은 역시 말라붙으면서 변색된 피겠지…….

"……히로아키. 저거."

오토와가 가리킨 곳.

거기에는…… 손에 뭔가 막대 모양의 물건을 든 좀비의 모습이 있었다.

아니, 좀비가 아니다. 저건 산탄총…… 도 아니고, 라이플이다. 총신이 약간 가늘고 끝부분에 가늠쇠도 달려 있고. FPS에도 나오지 않는 사냥용 총은 솔직히 말해서 잘 모르기 때문에, 제조사나 모델명까지는 모르겠지만.

"그 친구…… 이미 좀비가 됐을 가능성은?"

"서, 설마."

하지만 나도 얼굴까지는 모르니까 부정할 수는 없다.

얼핏 보면 나이든 남성 같은데. 라이플을 들고 배회하는 좀비가 예전에 몇 번이나 내 파트너를 맡았던 〈지노〉인지 아니면 다른 사람인지 판별할 근거가 없었다.

"어쩔래? 돌아갈까? 아니면——."

삽을 꽉 쥐면서 묻는 오토와.

그때——

"……으어어어어어."

"——!"

우리가 몸을 숨기고 있는 건물—— 이것도 꽤 큰 민가인데, 이 건물의 깨진 창문에서 주륵, 하는 소리가 날 것 같은 느낌으로 좀비 한 마리가 나타났다. 덩치가 크지 않은, 초등학생 여자애 정도의 느낌이다. 얼굴이 많이 썩어 있어서 엄밀하게 판단할 수는 없지만.

반사적으로 삽을 이용해서 공격하는 오토와.

역시 『좀비의 프로』답게 정확히 조준했고, 상대가 어린애로 보인다고 해도 전혀 망설이지 않고, 삽날을 이용해서 거합 베기처럼 빠른 속도로 좀비의 목을 날려버렸다.

훌륭하다. 하지만——

"아——."

나도 모르게 소리가 나왔다.

목이 잘린 좀비가 그대로 창문에서 떨어졌고—— 쨍그

랑, 하는 유리 깨지는 소리를 냈다. 원래 부서진 유리 조각이 창문 밑에 쌓여 있었던 탓이겠지.

길에 있던 좀비들이 유리 소리에 반응해서 이쪽을 봤고 —— 다가온다.

"……들켰다. 미안해."

"이건 어쩔 수 없어. 그래도 위험한데. 일단 도망—— 치려고 해봤자 소용없나."

뒤를 돌아보니, 지금까지 어디에 숨어 있었는지 그쪽에서도 좀비 무리가 다가오고 있었다.

왼쪽도 오른쪽도 건물 벽, 앞쪽과 뒤쪽에서는 좀비 무리…… 완전히 포위당했다.

"어쩔까?"

"…………."

나는 재빨리 고개를 돌려서 앞뒤를 확인.

단순한 숫자만 보면 분명히 앞쪽, 즉 저택 주위 쪽이 많다—— 하지만.

"오토와, 이대로 뛰어서 저택 안으로 들어가자."

"뭐? 하지만 뛰려면."

"밀도 문제야!"

건물과 건물 사이, 좁은 골목길로 다가오는 십여 마리와 —— 넓은 도로에서 배회하는 백 마리.

돌파한다면 뒤쪽이 최종적으로 제거해야 할 숫자가 적다.

"가자!"

그렇게 말했다.

그리고 나는 허리에 찬 권총을 확인. 오른손에 쇠 지렛 대를 들고, 오토와랑 서로의 각오를 확인하는 것처럼 고개를 끄덕이고 저택을 향해 달려갔다.

●

무도(武道)에서는 사람 한 명을 쓰러트리면 1단이라고 한다.

그렇다면 좀비도 —그런 게 있는지는 일단 넘어가고— 에서는, 오토와랑 같이 일주일가량을 살아남은 나도 유단 자라고 할 수 있지 않을까.

뭐, 한마디로 나는…… 내 판단에 자신이 있었다.

좀비의 움직임, 밀도, 길 너비, 우리의 운동능력과 전투 능력…… 그런 것들을 전부 고려해서『할 수 있다』고 판단 했다.

실제로——

비틀비틀 다가오는 좀비들 사이를 빠져나가, 손이 닿는 위치에 있는 놈은 쇠 지렛대와 삽으로 후려치면서 필사적 으로 뛰어갔고—— 잡히지도, 물리지고, 긁히지도 않고 저택 부지 안으로 뛰어 들어갔다.

문이 부서져 있어서 어렵지 않게 통과할 수 있었고, 좀비들 옆으로 지나가면서 다섯 마리 정도를 때렸을 정도. 물론 확실하게 마무리를 할 여유는 없었으니까 그대로 지나갔지만.

여기까지는 순조로웠다. 여기까지는.

단지…….

"젠장…… 여기도 잠겼잖아?!"

"히로아키, 이쪽."

정작 차는 한 대도 안 보이고, 저택 건물은 전부 문이 잠겨 있어서 들어갈 수가 없다. 결과적으로 우리는— 좀비들한테 쫓기면서 계속 저택 부지 안을 뛰어다니고 있다.

"그쪽은?"

다가오는 좀비를 삽으로 때리고, 또는 베어버리면서 묻는 오토와.

"지금 볼게!"

미리 정한 것도 아닌데 어느새 내가 출입구 조사, 오토와는 그동안에 다가오는 좀비를 쓰러트리는 역할 분담이 정해져 있었다.

"틀렸어, 여기도 잠겼어!"

"……슬슬 한계일지도."

오토와의 말대로 우리는 끝도 없이 도망칠 수도 싸울 수도 없고, 무엇보다 부서진 문을 통해서 좀비들이 끝도 없이 들어오고 있다. 결과적으로 우리는 제 발로 막다른 골목에 들어온 꼴이 됐다.

"안 해도 되는 짓을 해서 궁지에 빠지는— 기본 패턴."

"뭐야?! 나 때문이라는 거야?!"

문손잡이를 마구 돌리면서 소리 질렀다.

분명히 여기로 가자고 제안한 것도 나고 저택 안으로 도 망치자고 한 것도 나지만! 오토와도 중간부터 신이 났었잖 아——

"이렇게 됐으니 그걸 시험하는 수밖에."

"그거?"

뭔가 비밀병기나 최종 필살기가 있는 걸까. 그런 게 있 으면 좀 더 빨리 썼으면 좋았는데—— 그리고 오토와가 주 머니에서 꺼낸 건, 뭐야? 골프공?

오토와는 그대로 손목 스냅을 이용해서 공을 살짝 던지 더니.

"——!"

맹렬한 기세로 삽을 풀스윙. 까앙, 하는 가벼운 소리를 내고 골프공이 생각도 못 한 속도로 날아갔고, 가까이 다 가오던 좀비의 얼굴에 명중했다.

뒤로 자빠지는 좀비.

"⋯⋯나이스 샷."

"그래, 잘한다, 나이스 샷이다! 진짜 잘한다, 오토와!"

자화자찬하는 오토와에게 짜증을 내면서 말하는 나.

"총 대신 쓸 수 있을까 싶었는데. 생각보다 효율이 나쁜 것 같아."

"당연하지!"

"영화였으면 쓰러졌을 텐데."

"그런 건 좀 더 여유가 있을 때 시험하라고?!"

무엇보다 골프공에 맞은 좀비도 그냥 넘어졌을 뿐이고, 해치운 건 아니다. 으어어, 소리를 내면서 다시 일어났다.

"역시 도망치는 게 좋을 것 같아."

"알아, 나도 알지만……!"

왼쪽도 오른쪽도 앞쪽도 전부 좀비. 그리고 뒤에 있는 문은 잠겨 있다.

여기서 도망치려면 새처럼 날아가거나 두더지처럼 땅을 파는 수밖에 없다. 하지만 이 급한 상황에서 그런 편리한 특수능력이 생길 리도 없고.

"영화에서는 완전히 포위돼서 도망칠 수 없게 되면, 총을 입에 넣고 자살하는 게——."

오토와는 일단 삽날로 좀비의 목을 때리면서 말했다.

"됐어, 그런 건 필요 없다고!"

말은 그렇게 했지만 완전히 궁지에 몰린 상황이다.

하지만 권총 안에는 아직 탄약이 네 발 남아 있다. 나와 오토와 분을 빼면 두 발. 겨우 두 발이지만 저항도 못 하는 것보다는 낫겠지. 난 깔끔하게 포기할 줄을 모르거든.

"이 자식——."

나는 권총을 뽑아서 다가오는 좀비 하나를 조준—— 하려고 한 그 순간.

"——아야?!"

등을 떠밀려서 넘어졌다.

"으아, 뭐 하는 거야, 오토—— 어?"

내가 한마디 하려고 했던 오토와는 내 오른쪽에 있었다. 그렇다면 내 등을 떠민 건—— 누구지?!

"——엎드려."

그 말이 들린 직후, 내 머리 위에서 총소리가 울렸다.

동시에 가까이에 있던 좀비 두 마리가 나란히 머리 일부가 깎여나갔고, 뒤로 벌렁 넘어졌다. 오토와의 골프공 공격하고는 비교도 안 되는 엄청난 위력. 이건 틀림없이 총격이다. 게다가 효과를 생각해보면 대구경 산탄총——

"둘 다, 이쪽으로."

고개를 돌린 내 눈에 들어온 건 열린 문과 모스버그 M500 산탄총을 들고 서 있는—— 메이드 분이셨다. 문이 열리면서 내 등을 밀친 것이다.

어라—— 잠깐? 메이드?!

"히로아키!"

잠깐 사고가 정지될 뻔했지만, 오토와의 목소리에 정신을 차리고는—— 일어나는 게 아니라 바닥을 굴러서 건물 안으로 들어갔다.

당연히 우리 뒤를 쫓아서, 다른 좀비들이 조금 전에 쓰러진 두 마리를 짓밟으며 다가왔지만…… 선두에 있는 세 마리한테 또 한 번 산탄총이 발사됐고, 그놈들이 쓰러지면서 뒤따라오던 좀비들도 휘말려서 쓰러졌다.

좀비들이 정체된 짧은 틈에 문이 닫히고, 자동 도어락 네 개가 잠겼다. 그 직후── 좀비들이 문에 부딪치는 속도가 들려왔지만, 일단 이 두꺼운 문이 부서질 것 같지는 않았다.

"살았다…… 오토와, 괜찮아?"

"응. 히로아키, 그보다."

오토와가 내 바로 옆쪽을 봤다.

즉── 산탄총을 든 메이드 분을.

오오. 이거 진짜로 모스버그 M500이었어. 아마 산탄총 중에서는 세계에서 유일하게 미군 군용규격에 합격한── 잠깐, 그런 생각 하고 있을 때가 아니고.

"두 분, 다친 곳은 없으십니까?"

곤혹스러워하는 나에게, 메이드 분이 철컥, 하고 M500의 장전 손잡이를 조작해서 탄피를 배출하면서 그렇게 말했다. 키는 대략 170cm 이상── 일본인 여성치고는 큰 편이겠지. 날씬한 몸에 진한 남색 원피스를 입고 프릴이 달린 하얀 앞치마를 걸쳤으며, 손에는 하얀 장갑, 머리에는 역시나 프릴이 달린 헤드 드레스를 쓴, 아무리 봐도 빅토리안 메이드다.

우와. 우리나라에 이런 메이드가 진짜 있었어?! 드래곤이나 엘프처럼 창작물 속에만 존재하는 줄 알았는데(과장).

"아, 예, 덕분에……"

"다행이군요."

그리고—— 스르륵, 매끄러운 동작으로 총을 내리는 메이드 분.

젊다. 나이는 스무 살 정도겠지.

게다가 이지적이고 영리한 인상의 미인이다. 그리고 뭐라고 할까, 정말로 딱딱한 느낌. 꼬리가 긴 눈과 하얗고 위아래로 긴 얼굴을 가로지르는 무테안경을 쓰고 있어서 그런 인상이 더욱 강조된다.

메이드복이 아니라 정장이라도 입으면 유능한 미인 비서처럼 보이겠지. 게임 캐릭터랑 비교하는 건 실례일지도 모르겠지만, 딱 『스트래글 필드』의 레이븐과 비슷한 분위기다.

"혹시나 싶어서 여쭙습니다만."

그리고 그 사람이—— 갑자기 생각났다는 것처럼 물었다.

"두 분 중에 어느 한 분, 또는 두 분 모두가 『걸어 다니는 죽은 자』들에게 물리거나 긁히셨습니까?"

"아니요."

우리는 나란히 고개를 저었다.

"하지만 사람은 흥분상태에 빠지면 종종 자신의 작은 상처를 알아차리지 못하는 법입니다."

메이드 분은—— 아직 화약 냄새가 나는 산탄총을 한 손에 든 채로 무표정하게 말했다.

"혹시 모르니 두 분이 옷을 전부 벗어주신 상태에서 확인해야 할 것 같습니다."

"······혹시 이 사람, 네 친척이야?"

"아니야."

고개를 젓는 오토와. 뭐 당연히 그렇겠지만.

"자. 벗으세요. 속옷까지 전부."

진지한 얼굴로 요청하는 메이드 분.

"저기, 그건 좀 봐주시죠?!"

상처를 확인할 필요가 있다는 건 알겠지만, 바로 문 너머에 좀비가 우글거리는 상황에서 무장해제 정도를 넘어서 홀랑 벗으라니, 죽어도 싫거든.

"그나저나 속옷까지 전부라니."

"실오라기 하나 걸치지 않는, 태어났을 때 그대로의 모습일 때 사람은 서로를 이해할 수 있습니다."

"무슨 소리야?!"

이 메이드 분, 좀 이상한 것 아냐?!

"우리가 좀비가 되면 사양하지 않고 총으로 쏴버리면 되니까, 여기서 옷을 벗으라는 건 좀 봐주세요."

"···········아쉽군요."

뭐가?

라고 한마디 하고 싶었지만, 상대가 총을 들고 있어서 일단 참았다. 미간에 주름을 짓고, 당장이라도 혀를 찰 것 같은 분위기다. 미인이지만── 이 사람도 보통 사람은 아니네. 역시나 오토와네 친척 아닐까?

"이 저택은 튼튼하게 만들어졌으니, 『죽은 자』들이 간단히 침입하는 일은 없습니다. 일단은 안심하세요."

그렇게 말하고, 메이드 분은 M500을 치우고 고개를 숙였다.

다시 보니…… 키가 작고 말랐다고 할까, 키는 크지만 날씬하고 선이 가는 인상이다. 그래서 그 손에 산탄총을 들고 있는 모습이 부자연스럽게 보이지만— 한편으로는 우리를 구해준 때의 연사 실력을 보면, 산탄총 사격에 많이 익숙한 사람이다.

게다가——

'그때, 연속으로 네 발을 쐈었지?'

아마 우리나라에서 사냥용으로 인가되는 산탄총은 탄창과 약실을 포함해서 세 발까지밖에 장전할 수 없으니까, 우리를 구하기 위해서 네 발을 쐈다는 건——

'아주 짧은 순간이라 제대로 확인하지는 못했지만, 그때이 메이드 분, 컴뱃 리로드를 했었지……?'

산탄총의 경우에는 손가락 사이에 예비 탄약을 끼워두고, 총구를 앞으로 겨눈 상태에서 수시로 추가 장전을 하면서 쏘는 것을 컴뱃 리로드라고 한다.

말 그대로 사냥이 아니라 전투용 사격술이다.

"성별은 다르지만, 혹시 당신이 〈지노〉인가?! FPS 동료——."

아바타를 자신의 성별과 다르게 설정하는 건 아주 흔한

일이다. VR-FPS의 경우에는 자신의 몸과 너무 다른 아바타로 설정하면 신체에 느껴지는 감각이 이상해져서 멀미가 오거나 쉽사리 넘어지기 때문에, 나는 여성형 아바타를 만들어본 적이 없지만―

"FPS?"

하지만 메이드 분은 고개를 갸웃거렸다.

"아니, 그러니까 게임…… 나라고! 〈하운드9〉! 몇 번 같이 싸웠던―."

그래도 메이드 분은 뭔가 의아하다는 표정이었지만.

"아, 그렇군요, 〈지노〉, 〈하운드9〉, 그렇군요."

뭔가 혼자서 납득했는지 몇 번이나 고개를 끄덕거렸다.

뭐, VR-FPS에서 친구 등록한 『전우』라고는 해도 현실에서 어울린 것도 아니고, 서로가 커스터마이즈한 아바타를 통해서만 만났기 때문에, 얼굴을 봐도 모르는 건 당연한 일이다.

"당신이 〈하운드9〉 님이신가요."

"님이라니, 너무 남 같잖아. 평소에 하던 대로 편하게 불러― 〈지노〉."

그렇게, 약간 VR-FPS에서처럼 롤플레잉을 하면서 말했다. 서로 상대의 역량을 인정한 강자들의 해후다. 조금 분위기에 취해도 벌은 안 받겠지.

"아닙니다, 저는 〈지노〉가 아닙니다."

하지만― 메이드 분은 고개를 저었다.

"저는 이 저택에서 일하는 메이드, 우에무라 테츠코라고 합니다. 그리고 〈하운드9〉 님이 말씀하신 〈지노〉는 저희 아가씨의 닉네임입니다."

"예……?"

아가씨? 지금 이 메이드 분이 『아가씨』라고 했어?!

아가씨라면, 그러니까, 그건가. 금발 롤빵 머리를 하고 『평안하신지요』라고 인사하는―― 그런 상상속의 생물 아닌가?! 아냐, 이렇게 메이드 분이 실제로 존재하니까, 아가씨도 꼭 환상 속의 생물이라고 할 수 없다고 할까, 아니 그게 아니라, 이런 호화저택도 있으니까(혼란 상태).

"〈하운드9〉 님 이야기는 전부터―― 아가씨께서 말씀하셨습니다만. 죄송하게도 저는 그런 게임을 하지 않기에 잊고 있었습니다."

"아…… 예……."

여전히 혼란스러워하면서도 단숨에 기분이 식어버리는 나.

한마디로 나는…… FPS 동료도 아닌 상대한테 잘난 척 『날 〈하운드9〉이라고 불러줘』라고 말한 꼴이 되고.

아니, 정신 차리고 생각해보니 현실에서 〈하운드9〉 소리를 연발한 게 너무 창피하다. 그런 건 게임 속에서 하는 롤플레잉이기에 멋있을 뿐이고, 현실에서 몇 번이나 그 이름으로 부른다면…… 으아, 뭐랄까, 엄청난 수치 플레이 같다고 할까…… 으아아아아아.

"친구이신 〈하운드9〉이 살아 계시다는 걸 알면 아가씨도 기뻐하시겠죠. 안내해드리겠습니다. 이리로 오시죠── 〈하운드9〉 님."

일부러 그러는 건지 아닌지는 모르겠지만, 유난히 〈하운드9〉이라는 이름을 반복하면서 메이드 분── 테츠코 씨가 발을 돌려서 저택 안쪽으로 걸어갔다.

나와 오토와는 잠깐 얼굴을 마주보고 그 뒤를 따라갔다.

"──저기, 히로아키."

오토와가 옆에서 내 얼굴을 보면서 말했다.

"나도 〈하운드9〉이라고 불러야 하나?"

"제발 그러지 마세요, 부탁입니다."

진지한 얼굴로 묻는 오토와에게, 나는 울 것 같은 목소리로 그렇게 대답했다.

●

"이쪽입니다."

테츠코 씨가 우리에게 하얀 문을 가리켰다.

그것은 긴 복도 끝에 있었다.

아무런 표시도 없는 평범한 문이다. 하지만 바로 옆방 문과 상당히 멀리 떨어져 있는 걸 보면, 이 문 너머에 있는 방이 상당히 크다고 생각된다. 역시 아가씨의 방이네.

"아가씨는 이 안에 계십니다."

"아니…… 저기요……?"

"그럼, 저는 이만."

그렇게 말하고 공손하게 허리를 숙이더니, 테츠코 씨는 발을 돌려서 온 길로 되돌아갔다.

말할 필요도 없이, 우리를 여기까지 안내해준 건데——

"들어가도 된다는 뜻이겠지?"

"……아마도."

그 자리에 남겨진 나는 오토와의 얼굴을 마주봤다.

아무리 게임 속 동료라고 해도 가자기 아가씨 방에 안내해도 되는 건가? 이런 저택이라면 손님용 응접실 같은 곳이 있을 텐데. 뭔가 부자연스런 기분이——

"——히로아키."

갑자기 오토와가 말을 걸었다.

"들어가려면 난 오른쪽. 히로아키는 왼쪽."

"알았어—— 아니, 잠깐만."

자, 돌입하자, 라고 말하는 것처럼 삽을 쥐고 몸을 숙이는 오토와. 당황해서 붙잡았다.

"뭘 하려는 거야?!"

"이런 저택에서는 방심하고 문을 열었더니 좀비가 기다리고 있는 게 상식이야."

"아니, 그, 그런 거야?"

"기본적인 함정."

무표정한 얼굴로, 하지만 어째선지 자신만만하게 말하

는 오토와.

그나저나 함정이라니── 만약 이게 함정이라면, 테츠코 씨가 우릴 속였다는 뜻이 되는데.

"처음 본 우리를 함정에 빠트릴 이유가 있나?"

게다가 우리를 도와준 뒤에 바로 이리로 안내했으니까, 함정을 설치할 시간도 없었을 텐데. 뭐, 갑자기 아가씨의 방까지 안내해준 건 분명히 자연스럽지 못하다고 할 수도 있지만──

"좀비는 사람이 변한 괴물."

오토와는 삽자루를 쥔 오른손 집게손가락을 세우면서 말했다.

"……이제 와서 무슨 소리야?"

그런 건 굳이 들을 필요도 없다. 지금까지 실컷 보고 경험도 했으니까.

"사이좋은 친구, 연인, 가족…… 그런 가까운 사람들이 어느 날 갑자기 괴물로 변하는 공포가 좀비물의 재미중에 하나."

"그건──."

뭐, 가족 좀비는 나도 봤으니까.

"보통 사람들은 좀비라는 걸 알아도 해치우지 못해. 죽이지 못해. **생전**의 기억이 머릿속에 떠올라서 손이 멈추고 마니까."

"넌 보통 사람이 아니라는 거야?"

라고 딴죽을 걸었다. 하지만 오토와는 신경 쓰지 않고 계속 말했다.

"그래서 좀비로 변한 가족이나 동료를 방이나 헛간에 가둬서 숨기는 거야. 그것도 좀비물의 기본 패턴. 특히 오랫동안 이어지는 TV 시리즈 같은데서."

"아……."

거기까지 들으니 나도 대충 눈치를 했다.

사실 아가씨는 이미 좀비가 됐지만, 충성심이 강한 메이드는 그 아가씨를 죽일 수가 없어서 방에 가둬놨고, 마치 동물한테 먹이를 주는 것처럼 우연히 굴러들어온 사람을…… 잠깐, 오토와한테 너무 물든 것 같은데.

"너무 나간 것 아냐?"

"상상력은 무기. 사고 정지는 생존 노력 포기."

"아니 뭐 그건── 맞는 말이긴 하지만."

나는 다시 한번 눈앞에 있는 하얀 문을 봤다.

만약 정말로 좀비로 변한 아가씨를 가둬놨다면 문이 잠겨 있을 테고, 이 문을 열지 않고 우리를 여기에 두고 갈 이유도 없다. 잠깐만, 좀비가 문을 열 수 있던가? 죽어서 지능도 없어졌다면 문손잡이 돌리는 방법도 모르게 돼버렸을 가능성도 있는데.

아무래도 그 메이드 분, 보통 사람이 아닌 것 같다고 할까……. 오토와하고 또 다른 타입의 이상한 사람이라고 할까, 아무튼 무슨 생각을 하는지 잘 모르겠다. 오토와의 망상에 대해 『그 사람은 그럴 사람이 아니야』라고 웃어넘길 수가 없다고나 할까.

"음~?"

여기서 계속 생각해봤자 소용없다.

뭔가가 자연스럽지 못한 건 사실이니까, 오토와가 납득할 수 있게 행동하는 게 좋겠지.

"그럼 연다. 하지만 돌입은 내가 먼저."

"……어째서?"

"아무튼."

그렇게 정하고, 문손잡이를 잡았다.

솔직히 말하자면 오토와는 상대가 좀비인지 아닌지 제대로 확인하기도 전에 목을 날려버리려고 들 가능성을 무시할 수 없으니까. 실제로 나랑 처음 만났을 때도 그랬고.

"──들어가자."

그렇게 말하고, 허리 뒤춤에 꽂아놓은 권총에 한 손을 얹은 채로 문을 열고 방 안에 들어갔다.

"……."

넓다. 그게 첫인상이었다.

아마도 7평이 넘을 것 같은── 아무리 적게 잡아도 내 방의 세 배는 된다. 게다가 안쪽을 보면 하얀 벽에 우리가 들어온 출입구와 또 다른 문이 있는 게 보인다. 아무래도 방 두 개가 붙은 구조…… 즉, 별실이 있는 것 같다.

대단한데. 말 그대로 아가씨 방이라는 느낌이다.

하지만 인테리어는 예상외로 평범했다.

저택이 크고 독특한 모양이라서, 방 안에도 뭐랄까, 중세 유럽풍으로 조각이 들어간 가구 같은 것들로 가득할 줄 알았는데…… 그냥 넓을 뿐이고 안에 있는 가구들은 심플했다. 흰색과 검정 바탕의 모노크롬 계열이 많다. 심플하고 모던한 가구라고 하는 건가. 품질이 좋고 멋지다는 인상이다.

그런데…….

"…………저건."

그렇기 때문에, 일단 눈에 들어오니까 유난히 내 관심을 끄는 물건이 있었다.

방 안쪽에 있는 천장이 달린 침대.

디자인 자체는 여전히 심플하고 모던하지만…… 애당초 천장이 달린 침대 자체를 창작물에서밖에 본 적이 없다. 뭐, 아가씨가 잘 만한 침대이기는 하지만.

아무리 둘러봐도 사람은 보이지 않았다.

나는── 심호흡을 한 번 하고 침대 쪽으로 걸어갔다.

"…………〈지노〉?"

그리고 그 침대에는 한 소녀가 누워 있었다.

나이는 열여섯이나 열일곱…… 나랑 비슷하겠지.

깜짝 놀랄 정도로 예쁜 사람이다.

완만하게 웨이브가 들어간 황갈색 머리카락과 선명하고 예쁜 이목구비를 보면, 하프나 쿼터 혼혈이겠지. 마치 인

형처럼 예쁘고 너무 빈틈이 없는데다, 잠든 상태에서도 스미어 나오는 것 같은 기품이라고 할까, 우아한 분위기가 있다.

동화에 나오는 『잠자는 숲속의 미녀』 그 자체였다.

'이 사람이 그 〈지노〉인가……?'

그래서 그런 의문이 들기도 했다.

『스트래글 필드』에서의 〈지노〉는 키가 작고 말랐지만, 크고 무거운 저격총을 마치 자기 몸의 연장선인 것처럼 다루는 우수한 저격수였다. 물론 아바타의 성별 설정은 남성이었고, 얼굴은 사각형인데다 머리카락도 검은색에 짧게 자른 스타일이었다.

그런데 실제로는 이렇게 예쁜 아가씨였다니.

아마 말투도 왠지 기품이 있었던 기억이 있다. 전장에서 병사가 돼서 싸우는 게임이니까 롤플레잉의 일환으로 거친 말투를 쓰는 플레이어가 많았고, 그런 속에서 〈지노〉는 왠지 독특한 존재였다.

'그나저나 이거, 어떻게 하지?'

소녀는 내가 침대에 가까이 가도 깨지 않았다.

눈을 감고 꼼짝도 하지 않고, 마치 죽은 것처럼——

'……잠깐.'

문득 머릿속에 바로 수십 초 전에 오토와랑 했던 이야기가 떠올랐다.

사실은 아가씨가 이미 죽었고…………?

"⋯⋯."

나는 잠깐 주저했지만 그녀가 숨을 쉬고 있는지 확인하기 위해, 몸을 살짝 침대 위로 내밀고 그 얼굴에── 코와 입 언저리에 손을 대봤다.

그래도 몇 초⋯⋯ 하지만 손바닥에도 손가락에도 소녀의 숨결이 느껴지지 않았다.

이 소녀는 숨을 쉬지 않는다.

"이럴 수가⋯⋯."

나는 멍하니 중얼거리면서 손을 거뒀다. 아무래도 몸을 만져서 체온이나 맥박을 확인할 용기는 없었다. 이 아가씨가 너무 예뻐서 주눅이 들었기 때문이기도 했다.

그런데── 다음 순간.

"⋯⋯."

번쩍, 하는 느낌으로, 갑자기 소녀가 눈을 떴다.

나를 빤히 노려보는 비취색 눈동자.

"──어?"

죽은 줄 알았던 상대의 갑작스런 반응에 내 행동과 사고가 정지돼버렸다.

아니, 지금 이 세상에는 죽은 사람이 돌아다니고 물어뜯기도 한다. 누워 있던 죽은 사람이 갑자기 눈을 뜬다고 해도 크게 놀랄 일은 아니다. 그래서 갑자기 행동과 사고가 멈춰버린 것은 완전히 내 실수다.

"으아──."

큰일 났다……! 나와 소녀의 거리는 1미터도 안 된다. 손을 뻗으면 닿는 거리. 이대로 몸을 일으킨 소녀가 날 깨물거나 할퀴기라도 하면 끝장이다.

"히로아키!!"

내 비명 같은 소리를 들었는지—— 뒤쪽에 있던 오토와가 내 이름을 부르면서 뛰어오는 기척. 이어서 시야 한쪽에서 날을 옆으로 눕힌 삽을 붕, 소리를 내면서 휘두르는 모습이 보였다.

"히로아키, 떨어——."

하지만 다음 순간.

빙글, 하고 삽이. 아니, 그걸 들고 있는 오토와의 몸 전체가 반 바퀴 회전했다.

"——뭐야?"

갑자기 고개를 돌린 나는 바닥으로 넘어지는 오토와와, 그 뒤쪽에서 몸을 낮추고 다리를 쭉 뻗고 있는 메이드 분의 모습을 봤다. 그건가, 뒤에서 달려온 테츠코 씨가 오토와의 다리를 후린 건가?! 딴 데로 간 척하고 우리를 감시했던 거야?!

어쩌지?! 난 어떻게 해야 하지?!

눈을 뜬 좀비 소녀, 아니면 우리를 함정에 빠트린 메이드.

먼저 어느 쪽에 대응해야——

"저기……."

"젠장, 오토와……!"

"저기요. 여보세요?"

"시끄러, 지금 바빠──."

말하다가, 알아차렸다.

나한테 말을 거는 사람이 누구인지.

"──! 신종인가?!"

침대 위에 있는 소녀 쪽으로 시선을 옮기면서, 나도 모르게 그렇게 외쳤다.

예전에 오토와가 파출소에서 날 보고 말했던 것처럼.

즉── 침대 위에 있는 좀비 소녀가 상체를 일으키고 나한테 말을 걸었다.

"살아 있어?!"

"……예?"

내가 소리치자 소녀는 고개를 갸웃거렸다.

"살아 있는 거야?! 죽은 게 아냐?!"

"예…… 부끄럽게도."

소녀는 차분하게 말하고는 미소를 지었다.

전에 어떤 소설에서 웃는 얼굴에 대해 『황홀할 정도로』라는 표현을 사용한 것을 본 적이 있는데…… 솔직히 그게 어떻게 웃는 얼굴인지 도저히 상상도 할 수 없었다. 할 수 없었는데, 지금 이 소녀가 웃는 얼굴을 보고서 『아, 이런 표정이구나』라고, 머릿속 한구석에서 엉뚱한 납득을 했다.

하얗고 부드러워 보이는 소녀의 얼굴이 기분 좋게, 웃는 얼굴로 풀어졌다. 지금 당장이라도 여기저기가 뚝뚝 떨어질 것 같은── 그러면서도 아슬아슬한 선에서 멈춘 것 같은 그 얼굴을 보고 있자니 뭐랄까, 손을 뻗어서 머리를 실컷 쓰다듬고 싶은 충동이 들었다.

뭐야, 이 예쁘고 사랑스러운 생물은. 같은 인간 종족 맞아?

그나저나──

"그런데 아까 숨을 안 쉬었는데──."

"아, 그건 숨을 참고 있었거든요…….."

"왜?!"

"키스할 때는 숨을 참아야 한다고 해서."

"……뭐?"

"〈하운드9〉 님이 키스해줄 때를 기다리느라…… 조금만 더 있었으면 질식할 뻔했어요."

"……뭐라고?"

얘가 무슨 소리를 하는 거야?

"그러고 보니……."

문득── 소녀는 뭔가 생각이 났다는 것처럼 집게손가락 하나를 세워 보였다.

"『잠자는 숲속의 미녀』에서 왕자님이 잠들어 있는 공주님께 주저하지도 않고 입을 맞춘 게, 사실은 시체 성애자였기 때문이다…… 라는 설이 있거든요."

"그런 게 있어?!"

"몇백 년 전에 있었던 왕국의 공주님이잖아요……? 보통은 살아 있을 거라고 생각할 리가 없으니까……."

"아니 뭐, 그건 그럴 수도 있는데."

"그러니까…… 혹시나 〈하운드9〉 님한테도 같은 성적 취향이……? 싶어서."

"없거든?!"

소리치는 것처럼 말하는 나.

왜 내가 성도착자 의혹을 받아야 하는 건데.

하지만 소녀는 어딘가 불만인 것처럼 살짝 고개를 숙이고 날 쳐다보면서——

"제가 시체가 아니라서, 실망했나 하고……."

"……실망했어."

"그건 너뿐이거든!"

그렇게—— 마침 테츠코 씨가 손을 잡아줘서 일어나고 있는 오토와한테 한마디 날리고, 다시 눈앞에 있는 소녀 쪽을 봤다.

"정신 사나운 짓 하지 말라고?! ……잠깐."

애가 지금 날 〈하운드9〉이라고 불렀지.

그렇다면 틀림없이 얘가——

"〈지노〉?!"

"맞는데요……."

뭘 이제 와서? 라는 느낌으로 그 소녀—— 내 전우 〈지노〉, 코사하나 시노가 말했다.

●

"코사하나 시노입니다. 현실에서는 처음 뵙겠습니다."

그렇게 말하고, 아가씨가 푸근하게 미소를 지었다.

장소는 조금 전과 같은 시노의 방이다. 시노는 자기 침대 가장자리에 걸터앉았고, 우리는 시노가 앉으라고 권해서 벽 쪽에 놓여 있던 1인용 스툴에 앉아 있다.

묘한 첫 대면이 됐지만 분위기 전환도 할 겸, 지금 〈지노〉······ 시노가 정식으로 자기소개를 한 참이다.

참고로 시노 옆에는 테츠코 씨가 서 있고, 우리는 테츠코 씨가 가져다준 홍차 잔을 들고 있다. 뭔가 이상한 약이라도 탄 건 아닌지 의심했지만, 같은 포트에 담아온 타를 아가씨한테도 따라준 데다 이미 마시고 있으니까 괜찮겠지. 아마도. 어떤 추리소설처럼 컵 쪽에 약을 발랐다면 끝장이지만, 그런 것까지 신경 쓰기 시작하면 끝이 없으니까.

"오랜만이네요 〈하운드9〉."

"아, 응, 저기, 그거 그만해줄래."

나도 모르게, 옆자리에 있는 오토와한테서 뭔가 할 말이 있다는 것 같은 시선을 느끼면서 부탁했다.

"그건 게임용 콜사인이니까. 현실에서는 본명으로 불러줘. 그리고 본명은 데와 히로아키라고 합니다······ 아, 알고 있었지."

"예. 전에 SR25를 보내드릴 때 알았죠."

참고로 SR25라는 것은──── 내가 SCAR-H 전에 썼던 총이다.

뭐 그건 넘어가고────

"……그러고 보니까 말이야. 그 때 보낸 사람 이름은 코사하나 쇼지라는 남자 이름이었는데────."

VR-FPS 『스트래글 필드』에서 〈지노〉도 남성 아바타였고. 뭐, 성별을 바꾸는 것도 드문 일은 아니지만. 하지만 현실 세계 택배 송장에까지 굳이 다른 이름을 쓰는 건, 뭔가 특별한 이유가 없으면 이상한 일이잖아.

"어째서, 굳이……."

"아, 그건……."

순간──── 뭔가 망설이는 것처럼 얼굴이 어두워지고 고개를 숙이는 코사하나 시노.

지금까지 보여줬던 좋은 집안 아가씨 같은 느긋하고 푸근한 모습이 인상적이었기 때문에…… 그런 표정을 지으니까 유난히 심각하게 보였다.

"코사하나 씨……?"

오토와도 뭔가를 알아차렸는지 의아해하는 목소리로 물었다.

"나리께서는 무역회사를 운영하십니다."

대신 대답한 사람은 테츠코 씨였다.

"개인 명의로 우편물이나 택배를 이용하시는 경우도 많았기 때문에, 항상 본 저택에 나리 명의로 인쇄된 송장이 준비되어 있습니다. 아가씨께서 뭔가를 보내실 때도 자주 이용하셨죠."

"아, 그렇구나……."

회사 같은 곳에서 대량으로 택배를 보낼 때는, 택배 회사에서 이름이 인쇄된 송장을 준비해 준다고 하니까. 계약 택배라서 요금은 나중에 전부 모아서 지불하니까, 그 송장을 이용하면 간단하게 택배를 보낼 수 있겠지.

아가씨의 표정이 어두워지고 고개를 숙였던 건, 아버지의 업무용 송장을 멋대로 쓴 것이 마음에 걸렸기 때문이려나.

"그럼 『히로아키 씨』라고 부르면 될까요?"

송장 명의 이야기가 끝났기 때문인지—— 아가씨가 조금 전까지의 느긋하고 푸근한 표정으로 돌아와서 그렇게 물었다.

"응. 그쪽이 위화감이 없어."

"그렇다면 저도 『시노』—— 라고."

활짝 웃으면서, 아가씨가 말했다.

치유계라고 해야 하려나, 시노 주위만 마치 다른 시간이 흐르고 있는 게 아닌가 싶을 정도로, 긴장감이 하나도 없어 보인다. 얘기하고 있는 나까지 왠지 마음이 풀어지는 기분이 들 정도로.

역시 진정한 좋은 집안 아가씨네.

뭐, 실제로는 이 사람의 개성── 이라고 할까, 코사하나 시노만의 특징일지도 모르지만.

"시…… 시노 양."

나도 모르게 『양』이라고 불러버렸다. 아무래도 처음 만난 사람을 그냥 이름으로 부르면 너무 예의 없게 보일 것 같다고 생각했는데──

"…………."

어째선지 오토와가 날 빤히 쳐다보고 있는 게 느껴졌다.

──아. 생각해보니 오토와는 처음부터 그냥 이름으로 불렀구나.

이건 오토와가 먼저 아주 당연하다는 듯이 내 성이 아니라 이름으로 불렀으니까, 왠지 나도 똑같이 했을 뿐인데…….

그럼 오토와도 '양'이라고 불러야 하려나?

그런 생각을 하고 있는데──

"부디 편하게 불러주세요."

여전히 황홀한 미소를 지으면서 시노 양── 시노가 그렇게 부탁했다.

"아니, 그래도 그쪽도 『씨』라고──."

"저희 사이에서 그렇게 남처럼 부르면 왠지 슬프네요."

그리고는 살짝 눈살을 찌푸리고 입을 삐죽 내민 삐친 표정을 지으며, 시노가 말했다.

기본적으로── 이목구비가 뚜렷한 미인이라서, 이런

어린애 같은 표정을 지으면 그 이미지 차이 때문인지 엄청나게 귀여워 보인다. 거의 반칙 수준이다.

"우, 우리 사이고 뭐고…… 우리, 지금 처음 만났잖아?"

나도 잘 모를 이유로 동요하면서, 힘들게 대답했다.

그러자 시노는 눈을 깜박거리고 고개를 갸웃거리면서——

"몇 번이나…… 그렇게 격렬한 밤을 보낸 사이인데……."

"아니, 그건 그냥 밤새 게임 한 거잖아……."

그리고 게임에서 시노는 남자 아바타였고.

"——테츠코 씨."

문득…… 시노가 테츠코 씨 쪽을 보면서 말했다.

"예, 아가씨."

"뭔가 얘기가 다른데요…… 조금 전에도 키스를 안 해주셨고."

"이 상황에서까지 이런 반응을 보여서 저도 놀라고 있습니다."

테츠코 씨가 아주 진지한 표정으로 그렇게 말했다.

"어제는 몸도 깨끗이 씻었고…… 체모도 깔끔하게 정리했는데……."

"아가씨. 승부 속옷은 어떤 것을 입으셨는지요?"

"테츠코 씨가 예전부터 권했던 크리스티즈를 새 걸로……."

"완벽합니다, 아가씨."

……잠깐, 무슨 얘기야?!

"그런데, 어떻게 된 거죠……?"

"차려놓은 밥상도 못 먹으면 남자라고 할 수도 없습니다. 남자란 하나같이 자의식이 과잉한 성욕의 마신, 상냥하게 대해주면 자기에게 마음이 있다고 착각하고, 잠자는 미녀가 있으면 먼저 입술을 탐하고, 깨어있는 미녀도 빈틈이 보이면 이것이 기회라고 척수반사적으로 굶주린 짐승처럼 달려드는 것이 상식입니다만──."

"아니, 저기, 잠깐만요."

뭐야 그 편견으로 가득 찬 남성관은.

"제가 보기에 〈하운드9〉 님은 남성 기능에 모종의 문제가 있습니다."

"남성 기능…… 말인가요?"

"예. 속되게 말해서 발기 불──."

"그러니까 무슨 소리냐고?!"

나도 모르게 큰 소리를 질렀다.

이거 역시 괴롭히는 거야?! 그런 거야?! 자꾸 일부러 〈하운드9〉이라고 부르고 말이야, 이 메이드 분!

"물론…… 히로아키 씨 얘기죠."

시노가 말했다.

"하지만 히로아키 씨…… 걱정하지 마세요…… 히로아키 씨의 남성 기능에 문제가 있어도, 시체에 욕정을 일으키는 엽기적인 성적 취향을 가졌어도, 전 괜찮으니까요……."

"아니, 그건 안 괜찮아야지?!"

"──히로아키 남성 기능은 정상. 확인했음."

"넌 좀 가만히 있어 줄래?!"

옆에서 쓸데없는 소리를 날리는 오토와한테 눈물을 글썽이며 소리 질렀다.

아니 뭐, 분명히 오토와 앞에서 주니어가 힘차게 스탠드 업 하긴 했지만?!

"그렇다면 역시──."

"아가씨. 부디 안심하시기를. 변태성욕은 나을 수 있는 병입니다."

"그런가요……?"

"입으로는 뭐라고 말하건 몸은 정직한 법. 아가씨께서 알몸으로 다가가면 순식간에 넘어올 것이 틀림없습니다."

"그렇군요……!"

그런── 따져야 할 부분이 너무 많아서 어디서부터 따지고 들어야 할지 망설이게 만드는 테츠코 씨의 발언을, 어디선가 꺼낸 메모장에 적고 있는 시노.

그나저나 댁들, 그렇게 날 변태성욕자로 만들고 싶은 거야?!

그 전에──

"그나저나 왠지 나랑 시노…… 양이, 그러니까, 뭐랄까, 그런 관계가 되는 걸 전제로 말하고 있는 것 같은데? 게임에서라면 몰라도, 현실에서는 처음 만났잖아?"

사실은 어릴 적에 만난 적이 있고 커다란 나무 밑에서 『어른이 되면 결혼하자』 같은 뻔한 약속이라도 했던 건 아니겠지.

"…………."

"…………."

갑자기 시노와 테츠코 씨가 서로 마주 보고── 그리고 시노가 미소를 지으며 말했다.

"그 〈하운드9〉이…… 히로아키 씨가, 당신이, 절 만나러 와줬어요."

기분 탓인지 시노의 비취색 눈동자가 촉촉하게 젖은 것처럼 보인다.

너무나 감격한── 그런 느낌으로, 자기 가슴에 두 손을 얹고서 계속 말했다.

"걸어 다니는 죽은 자들 무리를 헤치고, 이웃 도시에서 여기까지 이동하는 위험을 무릅쓰고……."

아니 뭐, 그건 그렇긴 한데…… 한데…….

"마치 백마 탄 왕자님처럼."

"아니, 그건 너무 나갔고──."

애당초 나는── 우리는 그런 동화에 나오는 왕자님처럼 사로잡힌 공주님을 구하려고 여기까지 온 게 아니다. 우리의 목적은 좀 더 순간적이고 보다 현실적이고 훨씬─ 천박한 것이다.

"운명의 사람이, 제 왕자님이 만나러 오신다는 걸 알고…… 제 이 가슴이, 심장이 크게 뛰었어요. 아니. 지금도 두근두근하고 있어요."

그렇게 말하고—— 시노는 뭔가 『좋은 생각이 났다』는 것처럼 갑자기 진지한 얼굴이 되더니, 이렇게 물었다.

"아. 만져서 확인해보실래요……?"

"……."

"아, 아니, 사양할게요."

옆에서 잡아먹을 것처럼 쳐다보는 오토와의 시선을 느끼고서 반사적으로 거절하는 한심한 나.

"꽤, 자신 있는데……."

살짝 삐친 표정을 지으면서 가슴에 두 손을 얹는 시노.

시노의 가슴은 꽤 큰 데다 부드러워 보이고, 옷 위에서도 그 피부가 그리는 아름다운 곡선이 비쳐 보이는 것만 같았다. 정말 아깝—— 아니, 그게 아니고.

"아니, 그러니까 나는——."

난 널 만나러 온 게 아니다—— 꼭 그런 건 아니지만, 그건 연애감정과는 아무런 상관도 없는 얘기고. 극단적으로 말하자면 〈지노〉를 만나지 못하더라도 총이나 자동차를 손에 넣으면 된다는, 그런 지극히 실리적인 이유 때문이다.

하지만 시노 앞에서 대놓고 그런 얘기를 하는 건 왠지 꺼려진다.

그리고——

"……잠깐만."

어떤 사실을 깨닫고 말했다.

"그러고 보니까 아까도…… 어젯밤에 몸을 꼼꼼하게 씻었다고 했었지."

"예. 아…… 혹시 히로아키 씨는 냄새 페티시즘이 있나요? 그렇다면……."

"누가 그런 게 있대! 아니, 그게 아니라. 지금도『만나러 온다는 걸 알고』라고 했었는데— 그걸 어떻게 알았어?"

시노가 한 말이 사실이라면, 시노는 어제부터 우리가 온다는 걸 알고 있었다는 뜻이 된다.

내가 시노가 로그인했다는 사실을 알고 여기에 와야겠다고 생각한 게 어제저녁. 물론 사전에 시노 쪽에 연락을 한 적은 없다── 아니, 그럴 생각도 못 했다. 생각해보면 네트워크가 아직까지 살아 있으니까 전화가 연결됐을 수도 있고, 문자 메시지를 보내는 방법도 있기는 하지만.

어쨌거나 시노 쪽에서 우리가 온다는 걸 알 수 있는 수단은 없었을 텐데.

"어떻게냐고 하셔도…… 히로아키 씨가 알려주셨잖아요……?"

"뭐? 내가?"

"예. 레이븐한테 메일 보내라는『지시』를 하셔서……."

"…………!"

레이븐. 게임『스트래글 필드』에서 어시스턴트 역할을 하는 AI 캐릭터.

분명히 게임 속에서는 사무직인 레이븐한테『지시』해서

다른 플레이어에게 메일이나 음성 메시지를 보낼 수 있다. 시노는 게임에 로그인했을 때 그 메일을 봤을 테고.

역시 그것—— 레이븐은 뭔가 이상하다.

AI 캐릭터라고 해도 어디까지 인터페이스로서 『반응이 그럴듯한』 정도일 뿐이고 게임 속에서 플레이어를 도와주는 애플리케이션에 불과하다. 인간과 똑같이 생각하고 어떠한 행동을 『생각해내는』 등의 인공지능은 아직까지 존재하지 않을 텐데.

지난번 대회는 내가 잘못 들은 걸로 넘어갈 수도 있지만, 이번에는…… 분명히 부자연스러운 일이다. 『스트래글필드』의 홈페이지를 열었다는 것, 시노가 VR-FPS에 로그인했다는 것, 그런 사실들을 결합해서 내 행동을 유추하고 시노에게 알려줬다—— 아니, 오히려 우리가 만나도록 유도한 것 같은 기분까지 든다.

내가 너무 깊이 생각했나? 하지만…….

"히로아키……?"

생각에 잠긴 게 얼굴에 드러났는지—— 오토와가 약간 의아해하는 표정으로 내 얼굴을 쳐다봤다.

"아니…… 일단 레이븐 일은 미뤄놓고."

나는 다시 시노의 얼굴을 보면서 말했다.

레이븐에 관한 일은 지금 여기서 생각해봤자 소용없다. 추측은 할 수 있지만, 그것이 사실인지 확인할 수단이 없다. 그보다 우리는 먼저 여기에 온 목적을 달성해야만 한다.

"저기—— 코사하나…… 가 아니라, 시노. 원래 우리가 여기에 온 이유는 총이나 자동차를 빌릴 수 있을까 싶어서였어. 왜, 아버님 취미가 사냥이랑 사격이고, 보통 차 말고 커다란 4WD 차량도 있다고 했었잖아."

가능한 차분하게 말하려고 노력하면서—— 그러면서도 마음속으로는 외줄타기 하는 것 같은 긴장감을 맛보고 있었다.

상당히 무모한 얘기라는 걸 알고 있기 때문이다.

이런 극한상황 속에서, 겨우 인터넷 게임 동료에게 귀중한 무기와 탄약, 자동차를 내줄 사람 좋은 녀석이 어디에 있을까. 애당초 빌린다고 해도 돌려줄 가망이 없는 건 명백하다. 예전에 오토와가 좀비 영화의 기본 요소——『폭도로 변한 생존자와의 투쟁』에 대해 얘기했었는데, 그런 부류의 싸움은 기본적으로 귀중품을 빼앗으려고 일어나는 것일 테고, 귀중품을 소유한 시노 입장에서는 우리가 뻔뻔한 강탈자처럼 보일 것이다.

실제로 시노가 화를 내도 이상한 일이 아니다—— 하지만.

"우리 목적은 도심에서 탈출."

갑자기—— 시노가 대답하기 전에 오토와가 끼어들었다.

"기본적인 전개고 앞으로의 일을 생각하면 타당한 선택이라고 자부해."

"……탈출 말인가요?"

175

시노가 눈을 깜박이면서 물었다.

오토와는 고개를 크게 끄덕이면서 말했다.

"좀비 재난에서 도심부에 틀어박히는 건 악수. 원래 인구 밀도가 높은 도심부는 그대로 좀비 밀도도 높아지게 돼. 동시에 폭도로 변한 생존자와의 투쟁 문제도 있고. 전기, 수도, 가스 등의 라이프라인이 정지되면, 식량과 물 확보가 힘들어지고. 도심부의 이점은 그 시점에서 크게 줄어들어.

"──정확한 현상 인식이라고 생각합니다."

테츠코 씨가 보장한다는 것처럼 말했다.

시노는 이상하다는 표정으로 오토와 쪽을 보고 있었는데──

"죄송합니다만, 당신 이름을 여쭤봐도 될까요."

엄청 늦게 물었다. 그나저나…… 이 세상에서 완전히 동떨어진 것 같은 아가씨는, 어쩌면 지금 이 순간까지 오토와가 있다는 사실도 몰랐던 게 아닐까?

"오토와. 쥬도 오토와."

"그렇군요, 오토와 양. 그리고──."

시노는 나와 오토와를 번갈아 보면서 이렇게도 물었다.

"히로아키 씨와는 어떤 관계시죠?"

"히로아키 파트너."

오토와가 나를 흘끗 보면서 대답했다.

"오토와──."

파트너. 그 말이 어째선지── 묘하게 가슴에 울렸다.

오히려 내가 오토와한테 도움만 받은 것 같았는데, 그렇게 생각해주니까 조금 기쁘다.

그리고 오토와는 무표정한 얼굴로 계속 말했다.

"히로아키하고는 한 지붕 아래에서 살고, 서로 알몸을 보여준 사이."

"야……?!"

이 자리에서 갑자기 무슨 소리를 하시는 겁니까, 이 좀비 마니아 분께서?!

분명히 『상처가 없는지 확인』하기 위해서 몇 번이나 서로의 알몸── 은 아니고 반라의 모습을 보기는 했지만! 아직까지 확인하는 중에 나도 모르게 주니어가(생략) 하고 있지만!

"그렇군요……."

진지한 얼굴로 고개를 끄덕이는 시노. 아니, 거기서 납득하지 말라고.

"알몸을 보여준 건 어디까지나 서로한테 상처가 없는지 확인── 오토와가 분명히 파트너인 건 맞지만, 뭐, 그 이전에 생명의 은인이라고나 할까."

"그건 서로 마찬가지."

오토와가 말했다.

"나도 히로아키가 몇 번이나 도와줬어."

"그랬었나?"

"그래. 히로아키는 생명의 은인이고, 믿을 수 있는 **현실**

의 파트너."

그리고는 고개를 크게 끄덕이는 오토와. 으음, 왠지 쑥스럽네.

…………『현실의』?

파트너라는 한 마디만 하는 게 아니라 굳이 그런 표현까지 붙였다는 건, 한마디로 현실이 아닌 영역에서의 파트너였던 시노에 대한 대항심……?

너무 깊이 생각했나? 자의식 과잉인가? 하지만——

"그리고 같이 사선을 헤쳐 나온 두 사람의 마음은 뜨겁게 불타오르고, 밤마다 서로가 살아 있다는 걸 확인하려는 것처럼 격렬하게……? 마치 짐승처럼 탐욕스레……?!"

"안심하세요, 아가씨. 극한상황에서 남녀의 연애감정을 소위 말하는 흔들다리 효과의 일종이라고 생각할 수 있습니다만, 그런 부류의 특수한 상황 하에서 발생한 남녀관계는 오래 가지 못한다는 통계 결과가——."

그 말을 듣고—— 어째선지 주먹을 꽉 쥐고 말하는 시노와, 담담하게 묘한 지식을 피로하는 테츠코 씨.

진짜 뭐냐고 이 주인과 메이드는.

'……흔들다리 효과?'

문득 그 한마디가 마음에 덜렸다.

흔들다리 효과…… 자신이 위험한 상황이라고 인식한 사람은, 공포나 긴장에서 오는 심장 박동과 체온 상승, 거칠어지는 호흡을 연애감정이나 성적 흥분에 의한 것이라고 착각한다고 한다. 심하게 흔들리는 흔들다리 위에서 건너편에 있는 이성의 모습을 보면 그 이성을 좋아하게 된다—— 그런 것이다.

설마…….

"우리의 목적은 히로아키가 말한 대로."

오토와가 웬일로 약간 강한 말투로 이야기를 진행하기 시작했다.

"물자와 기재 조달. 우리의 관심은 일단 그것이 손에 들어오는지 아닌지."

"저기 오토와, 그렇게 말하면——."

너무 솔직하잖아.

"……분명히 저희 집에는 아직 총이 여러 정과 그 탄약도 있고…… 아버님…… 차도 남아 있어요……."

시노가 또다시 고개를 숙이고 어두운 표정을 지었다.

이런. 날 만나게 된다고 기뻐했던 사람한테『딱히 널 만나러 온 건 아니다』라고 말한 꼴이다. 낙담하는 건 물론이고 기분이 상할 수도 있다.

"아, 그러니까, 무모하다고 할까 뻔뻔하다고 할까, 그런 얘기라는 건 나도 알아, 하지만—— 우리도 정말 아슬아슬한 상황이거든."

"……제안."

내가 횡설수설 설명하고 있는데—— 오토와가 한쪽 손을 들고서 말했다.

"도심부의 위험성은 아까 지적한대로. 생존자가 집단이 너무 커지는 것도 위험해. 하지만 충분한 의사소통이 가능한 상대, 신뢰 관계를 구축할 수 있는 상대와의 소규모 협력 체제는 생존 가능성을 극적으로 향상시켜. 이것도 좀비물의 기본. 그래서 당신들도 같이 탈출할 것을 제안."

오, 말 잘했다 오토와!

"우에무라 씨는 총을 다룰 줄 아는 것 같아. 시노 씨도 히로아키랑 같은 게임에 익숙해서, 역시나 총을 잘 다룬다고 들었어. 귀중한 스킬을 가진 『동료』는 물자보다 더 필요해. 히로아키랑 행동하면서 그걸 잘 알게 됐어."

"오토와……."

처음 만났을 때는 왠지 다른 사람과 같이 행동하는데 적극적이지 않았으면서, 이번에는 내 의견에 따라서 여기까지 와준 건── 그런 생각을 했기 때문일까. 조금 전에 『생명의 은인』이라고 말한 것도 그런 생각 때문이겠지.

"……."

시노는── 잠시 말없이 뭔가를 생각하더니.

"총과 차는 드리겠습니다."

간단히 그렇게 대답했── 는데.

"제안은 감사하지만, 동행은 할 수 없습니다."

"뭐?! 어, 어째서──."

오토와의 『도심부는 위험』하다는 설명에도 납득했잖아.

아니면, 그걸 알면서도 우리와 같이 갈 수 없는 이유가 있는 걸까?

설마 오토와랑 내 관계를 오해해서 뭔가 양보하려고 한 다든지?

시노가 무슨 생각으로 같이 가는 걸 거부했는지는 모르겠지만——

"두 분만 가주십시오."

그렇게 말한 건 테츠코 씨였다.

그건 한마디로—— 자신들은 여기에 남는다는 뜻이다.

"그러니까 왜…….'

"그건…… 저희 사정이라서…….'

애매하게 말하는 시노.

"시노——.'

거기서는 나는 처음으로 시노가 두 주먹을 꽉 쥐고 있다는 걸 알았다.

마치 뭔가를—— 참으려고 하는 것처럼.

단순히 튼튼하고 좀비의 침입을 충분히 막아낼 수 있는 이 저택을 벗어나고 싶지 않다는—— 그런 건 아닌 것 같다.

시노한테 무슨 일이 있었던 걸까.

궁금하기는 하지만—— 시노는 더 이상 묻지 말아 달라고 했다.

"…….'

나와 오토와는 서로 얼굴을 마주 봤다—— 그저 곤혹스

181

러워하면서.

●

죽어서도 계속 걸어 다니는 망자들은 여전히 저택 주위를 배회하고 있었다.

마치 배치가 정해진 것처럼, 하나하나가 같은 움직임을 되풀이하고 있다.

이미 본디 해야 마땅한 활동을 정지한 뇌는 질린다는 것을 모른다. 그들이 다른 행동을 취하는 것은 따뜻한 피가 흐르는, 살아 있는 인간의 존재를 감지했을 때뿐이다. 오히려 생전에 몸에 익은 행동이나 강한 인상에 남은 행동을, 죽은 자들은 집요하게 되풀이할 뿐이다.

어떤 죽은 자는 직장에서 진열대 상품 보충을 계속한다.

어떤 죽은 자는 부엌에서 썩은 식재료로 아침밥을 만든다.

어떤 죽은 자는 연인을 찾아서 시내를 돌아다닌다.

어떤 죽은 자는 한 손에 구급상자를 들고 빈 침대를 흔든다.

그리고, 어떤 죽은 자는, 지켜야 할 자기 자식을 찾아서
——…………

"……시…… 노…… 오……."

더듬거리는 숨소리가 기적처럼 말── 그『이름』이 되었다.

라이플을 들고, 그 죽은 자는 계속 저택 주위를 돌고 있다. 다른 죽은 자는 저택에서 나오는 생활의 냄새—— 살아 있는 사람의 기척을 느끼고 모여들었지만, 이 죽은 자를 포함한 몇 명은 처음부터 이 주위를 배회하고 있었다.

해질 무렵이 되자 자동조명이 주위를 비췄다. 그 빛에 빨려드는 것처럼—— 마치 벌레처럼 다른 죽은 자들의 움직임이 달라졌지만, 그 죽은 자만은 집요하게 같은 곳을 배회했다.

라이플을 질질 끌면서…… 어떤 『이름』을 마치 기도처럼 되뇌면서.

"시이이…… 노…… 오오……."

죽어서도 구원받지 못하는 망자들.

느릿느릿 걸어 다니는 그들의 모습은…… 구원을 바라며 저 먼 곳에 있는 성지를 향해 걸어가는 순례자들처럼 보였다.

●

"으아~! 죽다 살아난 기분이다!"

"……."

"끝내주네!"

"……."

쏴아아, 하는 샤워 물줄기 소리가 울린다.

코사하나 저택의 욕실은 엄청나게 넓다. 아까 슬쩍 봤을 뿐이지만 대중목욕탕?! 아니면 온천?! ──이라는 생각이 들 정도로 넓다. 당연히 가정용 플라스틱 욕조가 아니라, 여기저기에 돌로 만든 타일이 붙어 있는 욕조다. 뭔가 입에서 더운물을 토하는 것 같은 석상도 있다. 아무래도 지금은 물이 안 나오지만.

아무튼── 그런 호화 사양의 목욕탕 덕분에 탈의실 안에 있으면서도 안의 소리가 울려서 들려오게 된다.

당연히 안에서 씻고 있는 사람 목소리도…… 말이야.

"……저기, 말이야, 오토와?"

"왜?"

김 때문에 흐릿해진 문 너머로 말을 걸었더니 오토와가 대답했다.

그 목소리는 담담한, 평소와 똑같은 목소리다.

"왠지 사람이 달라진 것 같다?"

아까부터 『끝내준다』느니 『죽다 살아난 기분이다』 같은 소리를 하고 있는 건, 사실은 내가 아니라 오토와였다. 상당히 억양이 없는 목소리지만, 평소 같았으면 절대로 하지 않을 말들이 아까부터 계속 들려오고 있다.

뭐냐고 이거.

참고로 나는 『감시 부탁해』라는 말을 듣고 탈의실에서 대기 중이다.

덕분에 문 하나 너머에서 오토와가 알몸으로 샤워를 하

고 있다는 사실이 너무나 의식돼서 곤란할 지경이다. 누가 부탁한 것도 아닌데, 머릿속에서 제멋대로 오토와의 알몸이 그려지고 있다. 전에 속옷 차림은 봤는데, 가슴도 엉덩이도 그렇게 크지는 않지만, 날씬하면서도 뭔가 부드러워 보이는── 잠깐, 내가 무슨 생각을 하는 거야.

"오랜만에 목욕을 즐길 때는 이렇게 말하는 거야."

"좀비 영화에서?"

"좀비 영화에서."

아무래도 오토와는…… 이 비상사태에 겁먹고 벌벌 떠는 것보다 『좋아하는 좀비 영화 속 상황』을 즐기는 구석이 있다. 대체 무슨 생각이냐고 질려버리는 구석도 있지만, 한편으로는 그렇기 때문이 살아남을 수 있었고 날 구해줄 수도 있었다고 생각한다.

그리고──

'여러모로 오해를 사기 쉬운 성격일 테니까.'

새삼 그런 생각도 했다.

인간은 아무래도 표면적이고 알기 쉬운 『기호』를 단서로 타인을 이해하려고 든다.

예를 들자면 내가 총이나 FPS가 취미라고 하면 반드시 『사람 죽이는 게 좋냐』든지 『진짜 전쟁터에 가든지』 같은 소리를 하면서 시비 거는 놈이 있다─ 있었지만, 오토와도 감정을 그다지 드러내지 않는데다 좀비를 좋아한다고 떠들고 다녔을 테니까, 여러모로 극단적인 오해를 샀을 것

185

같다.

'가족하고는…… 어땠으려나…….'

오토와가 이 상황을 즐기고 있다는 건 틀림없어 보이지만, 한편으로는 오토와한테도 가족이 있고—— 틀림없이 그 가족을 잃었을 것이다. 나처럼 말이야. 그리고 그 사실 때문에 소리죽여 운 적도 있었겠지. 처음 만났던 날 밤에 나한테 줬던 것과 똑같은 헬멧을 쓰고서.

사람은 누구나 복잡하고—— 단 한 가지 면만 있는 사람은 없다. 없다고 생각한다.

그러니까 오토와도 마음속에 여러 가지 일들이 있을지도 모른다. 그걸 나한테 보여주지 않을 뿐이고.

시노가 우리와 같이 가지 않겠다고 하는 이유를 말하지 않는 것처럼.

"저기, 오토와."

문 너머로 오토와를 불렀다.

"——왜?"

"나, 우리 식구들하고 사이가 안 좋았거든. 아버지랑 어머니, 그리고 동생도."

"…………그랬구나."

"응. 나빴어. 나빴지——."

과거형이다. 그 사람들은 이미 내가 알던 가족이 아니다. 아니게 돼버렸다.

어머니는 제대로 『죽은』 건지도 모르겠지만, 아버지와

동생은 그대로 두고 나 혼자서 도망쳤다. 그 사람들은 지금도 그 집에서 제대로 죽지도 못한 채로 있을까. 그게 그 사람들한테 있어 행복한 일인지 불행한 일인지, 나는 모르겠다. 아마도 행복한지 불행한지 생각할 수도 없겠지만.

"그래서, 뭐랄까, 그날, 그 사람들이 죽어도 괜찮을지도 모른다고 생각했거든. 그런데 막상 그 사람들이 좀비가 되니까, 뭐랄까―― 역시나, 힘들더라고."

이렇게 했으면 좋았을 텐데, 좀 더 어떻게 할 수 있지 않았을까, 그런 생각을 하게 된다.

슬프다기보다는―― 왠지 분한 기분이었다.

"그래."

오토와가 동의해줬다.

"나도, 그랬어――. 우리는 아버지랑 어머니, 언니였지만."

"언니가 있었어?"

"자주 날 괴롭혔지만. 좀비나 좋아하는 칙칙한 애라든지, 재수 없다든지."

"아…………."

역시 그랬구나.

실제로 같이 다녀보고 알았는데, 오토와는 음침한 게 아니라 그냥 감정 표현이 서툰 것뿐이다. 오히려 자기가 좋아하는 좀비 이야기가 나오면 엄청 좋아하는 게 훤히 보인다.

만난 지 한 달도 안 된 내가 알 정도니까, 아마 가족이라면 얼마든지 이해해줄 기회가 있었을 텐데.

하지만 그렇지 못했다.

아마도 알기 쉬운 기호만 보고 이해했다고 생각하고, 진짜 오토와를 알게 될 기회를 버리고 말았다. 진짜 오토와를 모른 채— 오토와의 가족도, 아마도, 죽었다.

"이런 얘기 하는 건, 처음이야."

"뭐, 그러네."

"갑자기 왜 그래, 히로아키?"

"아…… 그냥, 왠지 말이야."

오토와가 『파트너』 『생명의 은인』이라고 말한 게 기쁘기도 하고 놀랍기도 했고, 새삼 내가 오토와에 대해 잘 몰랐다는 걸 알게 됐기 때문에— 라는 건, 역시 창피해서 말하기 힘들다.

"뭐, 조금 여유가 있는 상황이니까, 이래저래 생각할 여유도 생겼거든……."

"그러게."

그렇게 말하면서 드르륵, 하고 욕실 문이 열렸— 야, 잠깐?!

나는 황급히 오토와한테서 등을 돌렸다. 일단 목욕 수건을 몸에 감고 있는 것 같기는 했지만, 더운 물에 담가서 상기된 오토와의 피부가 뭐라고 할까, 상당히 요염해 보여서 나한테는, 그러니까, 곤란하다.

여자니까 좀 더 부끄러워하라고. 제발.

아무래도 오토와는 자기 살갗을 남자— 내 앞에서 드러내는 걸 주저하지 않는 것 같다. 여기에도 뭔가 이유가 있는 걸까. 아니면 단순히 수치심이 부족한 걸까.

"——히로아키."

갑자기, 말투가 약간 달라진 오토와가 날 불렀다.

"시노 씨."

"응? 아—— 응."

"이 저택에 돌입하기 전에 봤던, 라이플을 끌고 다니던 좀비. 기억해?"

"당연히 기억——."

거기까지 말하고, 오토와가 무슨 말을 하려는지 알았다.

좀비는 생전의 행동—— 죽기 직전의 행동이나 매일 반복해서 몸에 익은 행동을, 죽은 뒤에도 계속 따라 하는 경우가 있다. 전에 봤던 상품을 보충하려고 하던 점원 좀비가 전형적인 사례다.

그리고—— 그 좀비는 라이플을 가지고 있었다.

우리나라에서는 상당히 희소한 총이다.

그리고 좀비한테는 라이플이 무기라는 걸 이해하고 주울 정도의 지능이 없다.

한마디로 저 좀비는 일상적으로 라이플을 들고 행동하는 경우가 많았거나, 라이플을 든 채로 죽었다—— 고 생각하는 게 타당하겠지. 뒤쪽이라면 아마도 그 라이플로 좀비와 싸우면서.

그런 좀비가 코사하나 저택 주위에 있다.

"그건……."

코사하나 쇼지, 즉…….

"아마, 시노의 아버지."

오토와도 같은 결론에 도달한 것 같았다.

"난, 말이야."

등에 뭔가 무게가 느껴졌다.

아니, 뭔가가 아니다. 당연히 오토와다. 오토와가——
바닥에 앉아 있는 내 등에 기댄 것이다. 야, 저기, 잠깐?!
소, 속옷은 입은 거야?! 등을 돌리고 있어서 잘은 모르겠
지만——

"저기…… 오토와?"

"언니를 죽였어."

"……."

"아, 이미 죽어 있었으니까 죽은 건 아닌가. 하지만 집에
있던 아빠 골프채로 때려서 머리를, 부쉈어."

담담한, 그러면서도 장절한 고백이 시작됐다.

"정신이 없었지만. 그리고 엄마도 좀비가 돼서, 엄마도
때려서 해치웠어. 좀비 영화를 정말 엄청나게 봤으니까,
왠지 영화 속에 들어온 기분이고, 별로 무섭지도 않아서.
자연스럽게 했지. 정말, 이미지 훈련은 중요해."

"그건——."

그럴 지도 모르지만. 그렇게 하지 않으면 살아남을 수 없었기 때문이겠지.

하지만 지금 그 말을 하는 건…….

"후회는 안 해. 언니도 엄마도 그다지 좋아하지 않아서, 그랬을지도. 아빠는 회사에 간 채로 안 왔으니까, 어떻게 됐는지 몰라."

아버지하고는 사이가 나쁘지 않았다는 걸까.

"하지만 언니도 엄마도…… 만약 좋아했다고 해도, 역시 난 좀비가 됐으면『끝나게』해줬을 것 같아. 두 사람 다 좀비를 정말 싫어했고, 그러니까 좀비가 되고 싶지 않았을 테니까."

"오토와, 너──."

"아빠도, 아마, 좀비가 됐을 거야. 아빠가 어디선가, 좀비가 돼서 방황하고 있다고 생각하면…… 왠지 좀, 아니라고 할까, 싫다고 할까, 그런 답답한 기분. 언니랑 엄마처럼, 해줘야 한다고 생각할 때도 있고, 그렇다고 찾으러 갈 여유는, 없고. 좀비가 된 아빠를 보고 싶지 않다고 할까……."

"……."

이해해. 나도 같은 생각이니까.

"좀비는 신기해. 자기가 잘 아는 사람이, 그 모습 그대로, 괴물이 되니까."

오토와가 조용히 말했다.

"······그러게."

내 부모님과 동생도 그랬다.

안색과 상처만 안 보이면 그 사람들이 죽었다고 인식하기도 힘들었을 것이다. 그리고 그걸 인식했다고 해도 받아들이지 못했을 수도 있고.

당연한 것처럼 존재하고, 당연한 것처럼 존속해야 했던 내 일상.

가까이에 있는 사람들은 좋고 싫고와 상관없이, 그 상징이기도 하니까──

"뇌사상태인 사람의 생명 유지 장치를 벗기는 걸 싫어하는 가족들도 있다는 이야기, 들어본 적이 있어. 자기 가족이 변함없는 모습이니까, 그 사람이 죽었다는 걸 받아들일 수가 없어서── 원래대로 돌아올 수 없다는 걸 알면서도."

"······."

"좀비도 그거랑 비슷한 것 같아. 잘 표현하진 못하겠지만── 그러니까 틀림없이, 그렇게, 생각하게 돼. 그 사람이 죽었다는 걸 받아들이지 못하고, 어쩌면, 어제로 돌아갈지도 모른다고, 생각하고, 주저하게 돼."

그 날에서 멈춘 채 앞으로 나아가지 못하고. 그 자리에 머문 채 아무데도 못가고.

그것은 자신이 살아남을 기회조차 잃어버리는 것이고──

"난 내가 한 건 아니지만, 어머니가, 눈앞에서 책장에 깔렸어."

"……어머니가?"

"그래. 아버지랑 동생은 아마 좀비인 채로 집에 있겠지만. 그나저나 최악이네,『이번』좀비는."

나는 일부러 오토와가 잘 쓰는 표현으로 말했다.

둘이서 칙칙한 분위기에 잠기는 건 내 취미가 아니다.

"좀비라면 좀 더 단순하게 으어어, 하면서 적당히 돌아다니기나 하라고. 생전의 행동을 되풀이하다니, 악취미도 정도가 있다. 감독이랑 각본가 얼굴이 보고 싶단 말이야."

생전과 똑같은 모습으로 생전과 똑같은 행동을 한다. 그래서 그것을 본 사람은 마음을 굳게 먹기 힘들어진다.

나도 먼저 어머니가 그렇게 되지 않았다면— 어떻게 됐을까.

"아마, 시도 씨도——."

"……응, 아마도."

오토와가 내 등 뒤에서 몸을 움직이는 걸 느끼면서 한숨을 쉬었다.

●

"흐이……."

아저씨 같은 감탄사를 토하면서 코사하나 저택 식당에 들어갔다.

이거 참, 방구석에 틀어박혀 있던 시절에는 목욕이 얼마나 고마운 지도 몰랐는데, 이렇게 좋았구나. 나도 모르게 한참 동안 푹 담그고 콧노래까지 불렀다니까.

참고로 홈센터에서는 교대로 감시하면서, 휴대용 가스 버너로 끓인 물로 수건을 적시고 그걸로 몸을 닦았었는데——체취를 최대한 없애는 것도 좀비 대책이라는 것 같아서——그렇게 하면 왠지 작업 같은 느낌만 들고, 몸이 풀린다는 기분은 하나도 없었다.

"히로아키, 너무 오래 걸렸어."

먼저 식당에 와 있던 오토와가 투덜댔다.

"어쩔 수 없잖아? 정말 오랜만에 목욕했으니까."

"물 온도는 어떠셨는지요?"

그렇게 말하며, 테츠코 씨가 식당 안쪽에서 나타났다. 테츠코 씨는 식사 운반용으로 보이는 스테인리스 왜건을 밀고 있다. 메이드복을 입은 테츠코 씨가 그러고 있으니, 한 손에 산탄총을 들고 있을 때보다 훨씬 어울려 보였다.

"정말 최고였어요. 집에서 나온 뒤로 한참동안 목욕을 못 했으니까."

"저도…… 고맙습니다."

오토와도 솔직하게 말했다.

"다행이군요. 식사 준비가 됐으니 이리로 오시지요."

테츠코 씨는 그렇게 말하고, 우리를 식당 안쪽에 있는 테이블 쪽으로 안내했다.

무슨 영화 같은데서나 볼 수 있었던 긴 테이블 주위에

등받이가 높은 의자가 열 개 정도 놓여 있다. 테이블 위에는 하얀 천이 깔려 있고 숟가락과 포크, 나이프 같은 깔끔하게 놓여 있었다.

"아쉽게도 요리사가 부재중이다 보니 제가 만들었습니다만…… 입에 맞으시면 좋겠습니다."

그렇게 말하고, 테츠코 씨가 왜건 위에 있던 음식들을 테이블 위에 올려놨다.

우와…… 우와아아……!

드레싱을 뿌린 샐러드, 김이 피어오르는 수프, 당근과 매시 포테이토를 곁들인 로스트 비프…… 저 노란색 케이크처럼 보이는 건 키슈인가?

"저기, 이거…… 먹어도……?"

오토와도 약간 주눅이든 기색으로 테이블 위에 있는 음식들을 보고 있다.

"물론입니다. 두 분을 후하게 대접하라는 말씀이 있으셨습니다."

"왠지 죄송하네요……."

원래는 총을 빌리러 왔는데, 목욕에다가 이런 식사까지.

그런데——

"……시노는?"

오토와가 식당을 둘러보며 물었다.

갑자기 찾아온 입장에서 원래 주인인 시노보다 먼저 먹을 수는 없은까.

오토와도 이런 데서는 상식이 있다. 나도 모르게 포크를 집으려고 했던 내가 창피해진다.

"아가씨는…… 방에서."

잠깐 머뭇거렸는데, 뭔가 말을 흐린 걸까?

"방이라면…… 아까 거기?"

"예. 그 방── 두 칸이 이어져 있고, 안쪽에는 아가씨의 취미에 사용하는 방이 있습니다."

취미……? 아, VR-FPS 얘긴가.

하긴, 우리가 시노와 만났던 방에는 VR 플랫폼이나 고글, 건 콘트롤러 같은 전자기기기 보이지 않았다. 아마도 그런 방위 분위기라고 할까, 인테리어의 통일감을 해치는 물건들은 다른 방에 넣어뒀겠지.

"아가씨는…… 거기서 나오지 않으십니다."

"……그러니까, 틀어박혔다는 뜻인가요?"

"……예. 노골적으로 말하자면 그렇습니다."

그렇게 대답하면서, 테츠코 씨가 잔에 생수를 따라 줬다.

아. 그래서 우리를 직접 시노 방으로 안내했구나.

"자── 식기 전에 드시죠. 아가씨 몫은 나중에 제가 전해드릴 테니."

"예……."

내가 남한테 방구석에 틀어박혔다고 뭐라고 할 입장이 아니니까. 일단 먹으라고 했으니 로스트비프를 나이프와

포크로 잘라서 한 조각을 입에 넣었다.

"맛있다?!"

나도 모르게 소리가 나왔다.

오토와도 놀랐는지── 한 입 먹은 시점에서 굳어져 있다.

"우와, 우에무라 씨, 이 고기 정말 맛있어요! 그치, 오토와?"

"……응."

이런 맛이면 끝도 없이 먹겠는데.

"금방 구웠으니까요."

테츠코 씨가 지극히 당연하다는 투로 말했다.

로스트비프는 보통 미리 만들어둔 것을 먹을 때에 자르는 경우가 많은 것 같지만…… 갓 만든 음식이 맛있는 건 어지간한 음식의 공통된 진리다. 아직 안에 열기가 남아 있는 로스트비프는 마치 고급 스테이크처럼 맛있었다.

아아, 역시 음식은 이래야지. 집에서 나온 뒤로 계속 건빵이나 차가운 음식만 먹었으니까── 가끔씩 먹는 따뜻한 음식이라고 해야 컵라면뿐이었고.

"그렇게 말씀해주시니 조달한 보람이 있군요."

"조달? 조리가 아니라요?"

아니, 잘 생각해보니까── 이런 식재료를 대체 어디서?

설마 사실은 좀비 고기, 는 아니겠지? 분명히 소고기 맛이었으니까.

"예, 제가 정기적으로 밖에서 확보해오고 있습니다. 이 저택에는 저와 아가씨 두 사람 뿐이니까, 사흘에 한 번 정도지만."

테츠코 씨는 아무렇지도 않게, 태연하게 말했다.

"신기하게도 『걸어 다니는 죽은 자』들은 생전의 행동을 반복하는 경우가 많은 것 같습니다. 덕분에 어느 정도 보수작업을 했는지 아직까지 전기가 들어오는 창고도 많고, 유통업자의 대형 냉장고나 보존고에는 식량이 남아 있는 경우가 꽤 많습니다. 일반적인 점포는 전멸 상태입니다만."

손님이 『구입하기 쉽게』 하기 위해서 밀폐 보관할 수 없는 일반 점포와 달라서, 창고는 비용을 중시해서 보온성이나 기밀성을 높게 한 곳이 많겠지. 보온병이나 진공 팩과 마찬가지다. 그런 창고에 보관했다면 잘 상하지 않을 테니까. 건물 자체의 단열 효과가 높은 경우에는 태양광 발전 패널만 가지고도 보냉을 유지할 수도 있겠고.

그나저나…….

"혹시 우에무라 씨…… 군대 출신이신가요?"

아무리 총이 있다고 해도 혼자서 좀비가 얼쩡거리는 시내에 나가서 식량을 확보하고 오다니…… 상당히 위험한 행위다. 그리고 키는 크지만 날씬해 보이는 여성이라면 더더욱.

게다가 이 충실한 식재료를 보면, 통조림을 배낭에 조금

씩 넣어서 가지고 다니는 것보다 엄청나게 힘들 것 같은데.

그리고 처음에 봤던 그—— 산탄총 조작.

컴뱃 리로드라는 말에서도 알 수 있듯이, 그것은 전투 기술 중에 하나다.

자위대가 산탄총을 정식으로 채용했다는 말은 들어본 적이 없지만, 일종의 국지전—— 한정 용도, 한정 상황에서는 일반적인 소총보다 훨씬 유용하다는 이유로, 미군을 비롯해서 산탄총을 장비 중에 하나로 인정하는 나라도 여러 곳 있다. 어쩌면 자위대에도 실험적으로 산탄총을 배치한 부대가 있을지도 모른다.

"군에 재적한 적은 없습니다만, 전직 군인인 지도원으로부터 지도를 받은 적이 있습니다. 주로 요인 경호 목적이다 보니 총기 취급에 대해서는 권총과 산탄총, 그리고 차량 내부에서 다루기 쉬운 단총신 돌격소총 위주입니다만."

담담하게, 테츠코 씨가 꽤나 엄청난 일을 고백했다.

"요인 경호라니……."

그러니까, 시노를 지키기 위해서?

하지만…… 우리나라에서 그런 수준의 요인 경호 기술이 필요한가?

"나리—— 시노 님의 아버님은 무역상을 운영하고 계십니다만, 크게 사업을 하다보면 여러 상대와 어울리게 됩니다. 위험지대에서 반정부 게릴라와 거래를 하거나, 범죄조직에 가까운 업자와 거리를 하는 일도 종종 있었지요."

"예……?"

그러고 보니 마약도 나라에 따라서는 정부가 외화 벌이를 위해서 보호하는 중요 사업이라고도 하니까, 그런 나라에서는 위법이 아니겠지.

아니. 커피 원두 같은 합법적인 상품들도…… 정세가 불안한 나라에서 수입하려면 여러모로 위험할 수도 있겠지. 결과적으로 범죄조직이나 반정부 조직 같은 곳과 좋건 나쁘건── 적으로서, 또는 친구로서 접촉하게 되는 일도 있을 수 있다.

아마 어딘가 바다에서 해적질을 하던 놈들한테, 일본의 초밥 체인점 사장이 참치 잡는 법을 가르치고 그 참치를 사들여서 어민으로 만들었다는── 그런 이야기도 있었지 아마.

"그리고 두 분도 이미 알아차리셨겠지만…… 아가씨는 소위 말하는 혼혈입니다. 돌아가신 사모님은 이탈리아 시칠리아 섬 출신이시죠."

"시칠리아……."

"코사 노스트라…… 그 간부의 핏줄에 해당하는 분이셨습니다. 나리도 사모님도 범죄조직으로서의 코사 노스트라와는 관여하지 않으셨지만, 혈연관계라는 이유만으로 노려지는 일도 있었습니다."

"뭐야, 뭐야, 뭐야…….

코사 노스트라라면 분명히 『우리들의 것』인가 하는 뜻이고, 마피아를 가리키는 말 중에 하나인데. 정확히는 코사 노스트라, 카모라네 뭐네 하는 것과 함께 4대 마피아 중에 하나나 뭐라나…… 나도 자세히 아는 건 아니지만, 이런 이름은 외국 경찰계 FPS나 갱 계열 FPS에서 흔히 나온다.

"아가씨도 유괴당하실 뻔했던 일이 몇 번인가……."

"…………."

다른 나라에 있는 친척까지 노리는 건가. 그러고 보니 남미 같은 곳의 마약 조직은 상당히 더러운 방법으로 협박한다는 얘기를 들은 적이 있는데——

"그래서 아가씨와 동성이고 연령이 비슷한 시종이 호위 역할로 필요하게 되었습니다. 제 아버지가 생전에 나리께 큰 신세를 졌고, 부모님이 돌아가신 뒤에 제 학비와 생활비를 대주신 일도 있고 해서, 제가 자청해서 그 역할을 맡았습니다."

"……그래요…… 장절하네요."

"저희에게는 일상이니까요—— 지금은 그것조차도 그리운 일이라고 해야겠습니다만."

그렇게, 테츠코 씨는 태연하게 말했다.

하긴…… 겨우 한 달 전의 세상과 지금의 세상은 완전히 달라져 버렸으니까. 지금은 범죄조직 간의 항쟁이고 뭐고 할 때도 아니잖아.

"어쨌거나…… 조금 전에 말씀드린 것과 같은 상황이니,

일단 아가씨와 저 두 사람이라면 당분간 살아갈 수 있으리라고 생각합니다."

뭐, 적극적으로 좀비를 사냥하러 간다면 또 모를까, 테츠코 씨 혼자서 물자를 조달하기 위해서 행동하는 정도라면 그렇게 위험하지는 않을 지도 모르지. 어쩌네 저쩌네 해도 진짜 전투 훈련을 받지도 않는 나나 오토와도 어떻게든 머리를 굴려서 살아왔으니까.

"하지만 유통이 정지했으니 없어지는 건 시간문제."

오토와가 작은 목소리로 말했다.

그렇다. 그것은 이미 개인적의 능력으로 어떻게 할 수 없는 문제다.

"……그렇겠죠."

테츠코 씨가 고개를 끄덕였다.

시노는 우리와 같이 가는 걸 거부했는데, 테츠코 씨도 시노 곁에서 떨어질 생각이 없는 것 같다. 뭐, 지금 이야기를 들어보면 테츠코 씨가 없어지면 시노는 여기서 살아갈 수도 없을 테고…… 테츠코 씨한테는 은인인 주인의 딸을 버릴 수도 없는 일이겠지.

"그렇다면, 그걸 알면서도 어째서?"

"……."

오토와가 물었지만 테츠코 씨는—— 대답하지 않았다.

하지만 나와 오토와는 대략적이나마 상상할 수 있었다.

라이플을 끌면서 걸어 다니는 죽은 자. 시노와 테츠코

씨 둘만 있는 저택.

아마도──

"……부디, 식사가 식기 전에."

이 이야기는 여기서 끝내자는 것 같은 말을 하고── 테츠코 씨가 왜건 위에 올려놓은 사과를 집더니, 과도로 술술 껍질을 벗겨나갔다.

"후식으로는 이것을. 저는 여기서 실례하고 아가씨께 식사를 전해드리러 가보겠습니다."

깔끔하게 껍질을 벗기고 잘 자른 사과를 접시 위에 놓고는, 그런 말을 남기고 식당 밖으로 나갔다.

●

무리해서 서둘러 코사하나 저택에서 나갈 이유는 없다.

테츠코 씨가 기왕 온 김에 하룻밤 묵고 가라고 권하기도 해서, 나와 오토와가 각각 손님방을 지정받고 거기서 쉬기로 했다.

참고로 이 저택도── 다른 곳처럼 태양광 발전 시스템을 갖추고 있는데, 그것 말고 지하에 비상용 발전기도 있는 것 같다. 휘발유도 꽤 비축해둔 것 같아서, 전력 공급에도 문제가 없다.

그렇게 해서 나는 다시 한번── 평소에는 전원을 꺼놓는 스마트폰을 켰다.

이 문명이 붕괴된 세상에서 내가 이런 물건을 가지고 다니는 것은, 단순히 GPS를 사용할 수 있어서 편리한 점도 있지만 인터넷이 아직 살아 있다는 점이 큰 이유다. 전력만 공급하면 각지의 서버나 각종 네트워크 기능은 당분간 문제없이 계속 살아 있겠지.

"…………어디."

나는 침대에 누워서 익숙한 브라우저 화면을 봤다.

기본 페이지로 설정한 『스트래글 필드』의 홈페이지는 지금도 문제없이 접속할 수 있다. 화면 한쪽에는 변함없이 레이븐도 배치돼 있다.

나는 한동안 그 화면을 보고 있다가──

"레이븐. 너── 대체 뭐야?"

음성 입력 소프트를 켜고 그런 메시지를 보냈다.

보통은 게임 운영에 관한 부탁을 전하거나 규정 위반 사용자를 신고하는 등의 기능이고, 레이븐과 직접 대화를 할 수는 없다. 레이븐은 기본적으로 메시지를 듣고 거기에 맞춰서 반응할 뿐이다.

하지만…….

『저는 레이븐. 지우드 사 소속 오퍼레이팅 매니저입니다.』

대화창에 그런 문자가 표시됐다.

이건 게임 설정에 있는 내용이다. 민간 군사회사 사무원. 전과 보고 외에 법적 처리와 탄약 보충, 보수 금액 고지 등을 행하는 편리한 지원 요원.

하지만……

"내가 여기 온다고 시노한테 말한 건 너잖아."

나는 신경 쓰지 않고 그렇게 말했다. 음성 변환 소프트
웨어가 내 말을 화면에 표시해줬다.

그리고——

『죄송합니다. 문의 내용을 이해할 수 없습니다.』

레이븐은 그렇게 대답했다. 이것도 당연한 패턴.

"혹시 시노가—— 〈지노〉가 로그인 하게 만든 것도 나
야?"

나는 시노가 로그인했다는 걸 알고 여기에 왔다.

시노는 게임 홈페이지를 통해서 내가 여기에 온다는 소
식을 들었다.

우리가 현실에서 『재회』하도록 중재한 건 아마도 『스트
래글 필드』라는 게임이고, 그 SNS 기능을 포함한 몇 가지
기능을 총괄하는 이 AI 캐릭터다. 하지만 인공지능이라는
건 이름뿐이고, 지금 기술로는 자율적으로— 아니, 자발적
으로 행동하는 AI 캐릭터는 만들 수 없다.

그래서——

『죄송합니다. 문의 내용을』

"대답해 레이븐. 아니, 레이븐 뒤에 있는 누군가. 보나
마나 이것도 보고 있잖아?"

잡아떼는 레이븐에게, 약간 가시 돋은 투로 말했지만, 당
연히 그런 정보까지 문자로 표시될 리가 없다. 담담하고 무

미건조한 질문 내용이 소리도 없이 화면에 표시될 뿐이다.

레이븐은 또 똑같은 문장을 되풀이했고──

『리셋 하시겠습니까?』

갑자기 그런 질문을 했다.

"리셋?"

뭐야 갑자기?

『리셋을 하기 위해서는 새로운 캠페인 시나리오를 클리어해야 합니다.』

이 녀석이 무슨 소릴 하는 거야.

리셋이라니── 뭘 리셋 한다는 건데.

각종 캐릭터 데이터를 포함한『스트래글 필드』에서의 내 계정을 지워버리고 새로 만든다는 건가? 하지만 왜 지금 그걸 물어보지? 내가 레이븐을 불신하니까『의심하려면 그냥 게임 그만 두던지』라는 소린가?

아니면──

『새로운 캠페인 시나리오를 클리어해주세요.』

레이븐이 말했다.

하지만 지금 나한테는 VR-FPS 시스템이 없다. 시노한테 빌릴 수도 있겠지만, 이 상황에서『새로운 캠페인 시나리오』를 하고 있을 여유는 육체적으로도 정신적으로도 없다. 현실 쪽이 훨씬 하드한 게임 상태──

"⋯⋯⋯⋯설마."

새로운 캠페인 시나리오라는 것이.

어떤 방법으로든 내 동향을 어느 정도 파악하고 있다면, 레이븐은── 레이븐의 가면을 쓴 누군가는 지금 내가 『스트래글 필드』를 플레이할 기재도 없고 여유도 없다는 걸 알고 있을 것이다.

그런데도 이런 메시지를 보낸다는 건…….

『새로운 캠페인 시나리오를 클리어해주세요.』

재촉하는 것처럼 반복되는 문장.

"『리셋』이라니──."

가장 근본적이고 범용적인 사용방법은 게임 자체를 『다시 하기 위해』서 현재의 설정을 전부 지워버리는, 한마디로 일종의 초기화다.

이 경우에 초기화되는 건…… 어쩌면.

"아냐, 그건 말도 안 돼."

말도 안 된다고.

내가 현실이라고 생각하고 있지만, 아직까지 VR 게임 안에 있다는 건가? 내가 폐인처럼 계속 VR 게임만 한 탓에 현실과 허구를 구별하지 못하게 돼버린, 그런 불쌍한 방구석 폐인이 돼버렸다는 건가? 그게 아니라면──

『새로운 캠페인에서는 플레이어간의 협력이 클리어의 열쇠가 됩니다. 동료를 모으고 동료와 협력해서 살아남으세요!』

"무슨 소리야──."

『또한 캠페인 연동 선물 기획의 응모하실 경우에는 키워

드를 입력해 주세요. 키워드는——』

　화면 속에 있는 레이븐의 그림이 살짝 움직이는 게 보였
다.

　마치 내가 있는 쪽을 보는 것처럼 눈을 움직이더니——

　『살아남아라. 세상을 되돌리기 위해서.』

　대사 창에 그런 메시지가 표시됐다.

●

　집에서 도망쳐 나온 그 날부터—— 나는 뭔가를 깊이 생
각하지 않았다.

　살아남기도 바빠서 그럴 여유가 없기 때문이기도 했다.

　일부러 쓸데없는 생각을 안 했기 때문이기도 했다.

　어쨌거나 나는 그저 상황에 따라서 반응할 뿐이었다.

　오토와랑 같이 홈센터에서 자고, 하수도를 통해서 밖에
나오고, 여기저기 다니면서 식량과 물자 등을 조달하고,
가끔씩 좀비와 싸우고.

　……솔직히 말하는데.

　조금 재미있었다.

　마치 초등학교 때 태풍이나 홍수가 일어났다는 말을 듣
고 두근두근했던 것처럼.

　어쩌면 이번에도 어린 시절에, 캠핑이나 여행하러 갈 때
마다 신이 났던 것처럼.

부모님이라든지, 세상이라든지, 그런 건 전부 잊어버리고—— 머릿속 한 구석에 미뤄두고, 갑자기 내던져진 비일상적인 상황을 즐기고 있었다.

아니……. 물론 그걸 후회하는 건 아니다.

하나하나 고민했다간 지금쯤 좀비 중의 하나가 돼서 어딘가에서 얼쩡거리고 있었겠지. 그리고 틀림없이 오토와가 삽으로 내 머리를 쪼개버렸을 테고.

바보가 되지 않으면 버틸 수가 없다.

앞만 보고 달려가지 않으면 버틸 수가 없다.

그런 판단 자체는 잘못되지 않았다고 생각한다

단지…… 그렇게 『뒤를 돌아보지 않고』 달려갈 수 있는 사람만 있는 건 아니다.

나나 오토와처럼 자신이 살기 위해서 어제까지의 일들을 미뤄둘 수 있는 사람만 있는 건 아니다.

아마도 사람으로서는 나랑 오토와 쪽이 이상한 편이겠지. 시노나 테츠코 씨 쪽이 훨씬 제대로 된 사람이고. 누군가를 버릴 수 없다. 누군가를 잊을 수 없다. 그건 사람으로서 당연한 일이다.

"——자?"

문을 살짝 두드리면서 물었다.

슬슬 날짜가 바뀌는 그런 시간.

나는 오토와랑 잠시 이야기를 나눈 뒤에…… 이번에는 혼자서 시노의 방에 다시 찾아왔다.

시노가 이미 잠들어서 반응이 없다면 나중에 다시 올 생각이라고 할까, 차라리 잠들어 있기를 바라는 마음이 머릿속 한구석에 있었지만——

"히로아키 씨?"

문 너머로 시노의 목소리가 들려왔다.

나는 살짝 한숨을 쉬고, 일부러 조용한 말투로 꾸며서 말했다.

"잠깐 들어가도 될까."

"……예? 아, 예——."

밤중에—— 그것도 갑작스러운 방문에 시노가 살짝 놀란 것 같았다.

하지만 그건 정말로 살짝이었고, 시노는 바로 문을 활짝 열고 옆으로 비켜서 나를 방 안으로 들였다.

또다시 시노의 방에 들어왔다.

심플하고 모던한 모노톤 바탕의 넓은 방. 안쪽에는 그 천장 달린 침대가 있고, 또 그 옆 벽에는 『취미 방』으로 이어지는 것으로 생각되는 문이 있다.

'……열려 있네.'

문이 살짝 열려 있는 게 보인다.

지금도 『취미 방』에 있었는지 아닌지는 모르겠지만, 시노는 자주 드나드는 것 같다.

"안녕."

"아, 예, 안녕하세요."

시노는 차분한 목소리와 표정으로 그렇게 말했다.

여전히 아가씨다운 태도다. 심야에 남자가 방에 찾아왔는데 경계하는 기색도 없다. 뭐 지금까지는 경호를 맡는 테츠코 씨가 곁에 있었으니까 경계할 필요도 없었겠지만.

"밤중에 미안해."

"괜찮아요…… 아직 안 잤으니까…… 아."

시노가 작은 새처럼 귀엽게 고개를 갸웃거리면서 웃었다.

"혹시 절 덮치려고 오셨나요?"

역시나 경계심이라고는 한 조각도 없는 푸근하게 웃는 얼굴로 그렇게 묻는 시노. 나도 모르게 한마디 하고 싶었지만 꾹 참고, 이번에도 조용한 표정을 지으면서 고개를 끄덕였다.

"응. 맞아. 덮치러 왔어."

"……예?"

자기가 먼저 그렇게 말해놓고도 내가 그렇다고 대답하니까 놀랐는지, 시노의 얼굴이 깜짝 놀란 표정으로 변했다. 나는 그런 시노의 얼굴을 보면서 한 걸음 앞으로 나아갔다.

"히로아키 씨……?"

마치 주눅이라도 든 것처럼—— 반사적인 동작으로 한 걸음 물러나는 시노.

하지만 나는 거리가 멀어지는 것을 허락하지 않고 더 앞

으로 나아갔다. 한 걸음. 두 걸음. 세 걸음. 네 걸음. 거기
에 맞추는 것처럼 시노도 물러났다. 다섯 걸음. 여섯 걸음.
일곱 걸음. 여덟 걸음. 나와 시노는 약 1미터의 미묘한 거
리를 유도한 채로 시노의 방을 가로질렀다.

하지만── 아무리 시노의 방이 넓다고 해도, 열 걸음만
걸어가면 끝에서 끝까지 갈 수 있다. 뒤쪽에 장애물이 있
으면 물러날 수 있는 거리는 더 줄어드는 법이고.

"아⋯⋯."

뒤꿈치가 자기 침대 구석에 닿았다는 걸 알았겠지.

시노는 반사적으로 뒤쪽을 돌아봤고, 자세가 미묘하게
무너졌다. 거기서 나는──

"⋯⋯."

손을 뻗어서 탁, 하고 시노의 어깨를 살짝 밀었다.

풀썩, 대량의 공기를 머금은 부드럽게 들리는 소리가 나
면서 뒤로 눕는 시노. 긴 황갈색 머리카락이 마치 꽃이 피
는 것처럼 하얀 침대 시트 위에 펼쳐졌다.

"히, 히로아키, 씨⋯⋯?! 저, 저기."

약간 당황한 목소리를 말하는 시노 위에 겹쳐지는 모양
으로 몸을 숙였다. 시노 양옆에 손을 짚어서 오른쪽으로도
왼쪽으로도 도망치지 못하게 하면서.

"⋯⋯."

"히로아키 씨⋯⋯ 저기⋯⋯ 그게⋯⋯."

"그래, 우에무라 씨 말이 맞았어. 남자란 여자가 틈을 보

이면 기회는 이때라고 생각하면서 덮치려고 드는 생물이
야. 이런 상황에서는 더더욱 그렇고."

"······아······ 예······ 그렇······ 군요······?"

동요한 건지, 시노의 비취색 눈동자가 좌우로 흔들린다.

테츠코 씨와 함께 날 실컷 놀리던 때의 그 여유 만만한
모습이 완전히 사라져 있었다.

'······역시나.'

나는 확신하면서도 빙긋, 사납게 웃어 보였다.

"괜찮겠지?"

"아, 그게, 저기, 그건······."

"네가 먼저 유혹했잖아?"

"그야, 그건······ 그랬지만······ 그게······."

완전히 횡설수설하고 있다. 얼굴도 새빨갛고 땀까지 살
짝 났다. 예상치 못한 사태에 당황한 건—— 마음의 준비
가 안 됐기 때문이다.

"······죄, 죄송해요, 시, 실은, 그게, 저, 저도, 처음이라
서······."

시노는 겁먹은 것처럼 나한테서 눈을 피하며 그렇게 고
백했다.

뭐, 원래 남성 경험이 있어 보이지도 않았지만.

"어, 어떻게 하면 되는지, 잘 몰라서, 저기, 테, 테츠코
씨랑 상담——."

"가만히 내가 시키는 대로 하면 돼."

"아, 그게, 그, 그런…… 가요?"

시노는 당혹스러워하면서도 그렇게 말하고── 뭔가를 참으려는 것처럼 눈을 꼭 감았다.

두 손도 마치 기도하는 것처럼 가슴 앞에서 모으고…….

"……."

"……."

나와 시노 사이에 긴장을 머금은 침묵이 흘렀다.

그리고──

"……………………히, 히로아키, 씨?"

내가 아무것도 안 하니까 이상하게 생각했겠지. 시노가 한쪽 눈만 뜨고 내 이름을 불렀다.

"저기, 뭐, 뭘?"

"──아. 역시 플랫폼은 이쪽에 있었구나."

하지만 나는 그때 이미 시노의 침대에서 떨어져서 옆방 ──『취미 방』 문을 열고 있었다. 이쪽은 조금 작은, 세평 반 정도의 방이고, 그 한가운데에 내가 쓰던 것과 같은 타입의 VR 플랫폼이 놓여 있다.

갓난아기 보행기처럼 생긴 원형 받침대 위에 원형『울타리』가 있는 VR 플랫폼. 여기에 건 콘트롤러나 고글 등을 장비하고 올라가서 컴퓨터와 접속하면, 『스트래글 필드』를 비롯한 각종 VR-FPS의 세계에 몰입할 수 있게 된다.

플랫폼 바로 옆에는 거치대도 있어서 고글과 장갑, 기타 장비, 그리고 〈시노〉가 애용하는 저격총이 거치되어 있었다.

볼트액션식 저격총. 레밍턴 M700.

60년도 전에 탄생한 이후로 계속 사냥이나 경기의 제1선에서 계속 사용된 명기 중에 하나다. 훗날 M24나 M40 등의 군용 파생형을 낳는 기반이 됐고.

그리고——

"요즘 세상에 M40도 아니고 M700이라니, 꽤나 특이한 취미 같은데."

M700은—— 두 정이 있었다.

거치대에 걸린 것과 별개로, 다른 한 정의 M700이 창가 벽에 기대서 세워져 있다.

똑같이 생겼지만…… 나는 그중 하나가 사실은 도쿄 마●이제 건 콘트롤러가 아니라고 짐작했다. 부품용 예비 건 콘트롤러를 한두 정 정도 가지고 있는 경우도 있지만, 그렇다면 둘 다 꺼내놓을 필요는 없겠지.

게다가 그 옆에 실탄—— 308 윈체스터 탄약 종이 상자가 놓여 있다는 의미도. 어디까지나 게임용 콘트롤러인 건 콘트롤러에 실탄을 장전할 수는 없으니까.

"익숙해서 그랬지?"

"아……."

내가 창가에 있는 M700을 집자 침대에서 내려와 날 쫓아온 시노가 살짝, 그러면서도 놀란 목소리로 말했다.

"그건……."

"우와. 진짜 리얼하네. 커스텀했어?"

"……."

"스코프도 레플리카가 아니라 진짜 류폴드 M1인가. 대단한데."

그렇게 말하면서 노리쇠를 조작했다.

손질을 잘해둔 덕분인지 잡음도 없이, 노리쇠가 가볍게 후퇴하고 탄피 배출구가 개방됐다. 약실에 장전돼 있던 황금색 실탄 한 발이 빙글, 회전하면서 내 옆으로 날아갔다.

탄피 앞쪽에 달린 탄두는 끝부분 색이 약간 다르다.

사냥용 소프트포인트 탄두다. 군용 풀메탈 재킷 탄두와 달라서—— 소프트포인트 탄두는 말 그대로 **부드러워서** 대상에 명중한 뒤에 몸속에서 크게 변형돼서 뭉개지고, 그러면서 가지고 있던 운동 에너지를 전부 대상에게 터트린다.

사람을 상대할 때는 과도한 살상능력을 발휘한다는 이유로 제네바 조약에서 사용을 금지했지만, 사냥할 때는 확실하게 한 방에 해치울 수 있기 때문에 자주 사용된다. 아마도 이거라면 좀비한테도 상당한 효과를 발휘할 수 있겠지.

"저, 저기, 히로아키 씨——."

"……2층 창문에는 바리케이트가 없네."

창문 쪽으로 걸어가면서 말했다.

코사하나 저택 1층 창문은 전부 가구 같은 것들로 바리케이트가 쳐서, 좀비가 창문을 깨더라도 들어올 수 없게 했다. 훌륭한 요새가 된 것이다.

"예? 아, 2층에는 『걸어 다니는 죽은 자』도 올라오지 못하는 것 같으니까⋯⋯."

"여기서는 저택 주위가 잘 보이네."

나는 왼손으로 커튼을 살짝 열면서 말했다.

"특히 라이플을 끌면서 같은 곳을 맴도는 저 좀비가 잘 보여."

"──!"

시노가 깜짝 놀라는 기척이 느껴졌다.

"여기서 보고 있었어? 아버지를."

"⋯⋯히로아키⋯⋯ 씨."

신음하듯 말하는 시노.

"어떻게──."

"몇 가지 사실을 바탕으로 상상. 그리고 우에무라 씨한테 확인."

그렇게 말한 사람은── 우리 뒤쪽에서 『취미 방』으로 들어온 오토와였다.

오토와한테는 미리 10분 정도 있다가 들어오라고 말해 뒀다. 뭐, 이건 내가 처음 계획과 다르게 뭐랄까── 이상하게 흥분해서 정말로 시노한테 손을 대려고 했을 때를 위한 보험 같은 것이었지만.

"테츠코 씨한테⋯⋯ 테츠코 씨가⋯⋯?"

"우리는 그 좀비가 시노의 아버지가 맞는지 확인했을 뿐이고── 그 이상은 가르쳐주지 않았어. 자기가 말해도 되는 일이 아니라고."

"……."

내 말을 들은 시노가 고개를 숙였다.

"여기를 떠나지 않는 건, 아버지가 저기 계시기 때문이지."

나는 M700을 다시 벽에 기대놓으면서 말했다.

"……."

시노는 대답하지 않았지만 그것은 긍정이나 마찬가지였다.

『아빠도, 아마, 좀비가 됐을 거야. 아빠가 어디선가, 좀비가 돼서 방황하고 있다고 생각하면…… 왠지 좀, 아니라고 할까, 싫다고 할까, 그런 답답한 기분. 언니랑 엄마처럼, 해줘야 한다고 생각할 때도 있고, 그렇다고 찾으러 갈 여유는, 없고. 좀비가 된 아빠를 보고 싶지 않다고 할까…….』

목욕탕에서, 오토와가 그렇게 말했었다.

그리고──

『보통 사람들은 좀비라는 걸 알아도 해치우지 못해. 죽이지 못해. **생전**의 기억이 머릿속에 떠올라서 손이 멈추고 마니까.』

이렇게도 말했다.

그것도── 좀비물의 기본이라고.

그렇다. 기본이다. 흔히 있는 연출.

한마디로 그건 누구나『그것이 자연스럽다』고 납득하기 쉬운, 보편적인 인간 심리에 바탕을 뒀기 때문이다.

실제로 그런 현장에 직면하면, 모든 사람들이 같은 상황에 빠질 것 같은.

즉──

"……아버지는."

잠시 침묵했다가─ 작은 소리로, 시노가 말했다.

"어머니가 돌아가신 뒤로는…… 일이 바빠서…… 전세계를 돌아다니시는 일이 많아서…… 집에 계시는 날이 일년에 한 달도 안됐고……."

그런 상태였기에 호와 역할인 동시에 부모 역할을 해줄 사람으로서, 테츠코 씨를 메이드로 오용했는지도 모른다. 단순한 호위라면 투박한 남자들 쪽이 더 효과적일 테니까.

시노의 아버지도 시노를 많이 걱정해서 그렇게 하셨겠지.

"……이건."

시노는 하얗고 가는, 도저히 총을 다루는 손이라고 생각할 수 없는 섬세한 손으로 실물 M700의 개머리판을 쥐고는, 익숙한 동작으로 열려 있는 노리쇠를── 폐쇄. 탄창에 남아 있던 308 원체스터 실탄이 약실에 장전됐다.

"아버지가…… 제게 사주신 총이에요…… 물론 소유 등록 명의는 아버지로 돼 있지만……."

코사하나 쇼지 씨는 집에 돌아오는 날이 적었지만, 시노가 여름방학이나 봄방학 같은 긴 방학에 들어가면 테츠코 씨와 다른 사람 몇 명을 데리고 캐나다나 호주에 갔다고 한다. 가족 서비스와 집에서 일하는 사람들의 위로 여행을 겸했겠지.

"사냥이 취미였던 아버지는, 여행지에서 사냥하러 가시는 일도 많아서…… 조금이라도 아버지와 같이 있고 싶어서, 데리고 가달라고 졸라서…… 어느새 저도 총을 쏘게 됐고……."

"FPS에서 저격을 잘했던 것도 그것 덕분에?"

"그렇겠죠…… 크게 의식한 적은 없지만……."

그렇게 말하고, 시노는 M700을 벽을 향해서 겨눴다.

장착한 스코프를 주의 깊게 들여다보고, 숨을 골랐다.

일단 집중하기 시작하면 꼼짝도 하지 않는 그 모습은, 그야말로 내가 잘 알고 있는 파트너의 모습 그 자체였다. 저 가느다란 팔로 잘도 스코프 등의 부속품까지 합쳐서 5킬로그램, 아니 6킬로그램 가까이 되는 총을 깔끔하게 지탱한다고 감탄했다.

"이러고 있으면 히로아키 씨—— 〈하운드9〉과 『스트래글 필드』에서 같이 뛰어다니던 때가 생각나네요."

"그러게. 내가 어태커고 시노…… 〈지노〉가 백업을 맡고. 팀으로 싸운 건 다섯 번 정도밖에 안 되지만, 좋은 콤비네이션이었어."

나는 그리워하는 표정을 지으며 말했다.

"특히 〈시노〉는 상황 판단이 빠른 데다 쏘면 필살, 거의 미간을 꿰뚫는 헤드샷이었지.

"예, 그랬죠……."

시노는 그 자세 그대로 총구를 창문 쪽으로 돌렸다.

잠시 그대로 M700을 겨누고 있었지만── 결국 아무것도 안 하고 그대로 내렸다.

"최근 2년 동안 아버지가 집에 돌아오시는 날이 더 줄었고……. 테츠코 씨께 들으셨겠지만…… 제가 몇 번인가 유괴당할 뻔했던 일이 있어서…… 같이 놀러 나갈 친구도 없었어요……."

어디를 가건 호위 역할인 테츠코 씨가 따라오고, 그런 사정을 알고 있다면 오히려 같은 또래 친구들이 엮이게 될까 봐 두려워서라도 거리를 두게 되겠지.

『스트래글 필드』를 시작한 것도 그런 사정을 신경 쓰지 않고 할 수 있는 놀이인데다, 아바타를 사용하는 온라인계 VR 게임에서는 자신이 『코사하나 시노』라는 사실을 잊고 다른 사람과 함께 할 수 있는 편리한 도구였기 때문이겠지.

남성 아바타로 만든 것도 아마 그것 때문이고.

"쓸쓸했겠죠…… 계속 곁에 있어 준 테츠코 씨한테는 미안하지만…… 아마도, 저는 쓸쓸했던 것 같아요…… 그래서 그런 짓을……."

"――그런 짓?"

"술을…… 마셨어요."

그렇게 말하고, 시노가 씁쓸하게 웃었다.

미성년자가 술을 마셨다는 게 그렇게 큰일인가, 하고 생각했지만―― 시노의 이야기를 들어보면 그렇게 간단한 일이 아니었던 것 같다. 단순하게 캔 맥주 같은 것을 사서 마셨다는 게 아니라, 아무래도 학교 친구의 권유로 바 같은 술집에 갔다고 한다.

그것도 학교 정문까지 마중 나온 테츠코 씨를 피해서.

아까도 말했던 것처럼 제대로 된 감각―― 위기의식을 지닌 사람이라면, 시노의 신변사정을 알게 되면 거리를 두고 싶어 한다. 하지만 그래도 가까이 다가오는 사람이 있는 법.

아무래도 시노는 부자인데다 미안, 그리고 무엇보다 세상 물정을 모르니까…… 어떤 부류의 사람들에게는『봉』으로 보이겠지.

"……어디선가…… 절 기다려주는 사람이…… 백마 탄 왕자님 같은 사람이 있지는 않을까…… 그런 이상한 생각까지 해서……."

당연히 그런 바에는 행실이 불량한 여학생은 물론이고, 뭐, 그런 여학생들을『데려가려고』오는 놈들도 있을 테니까. 외로움 타는 아가씨를 취하게 하고, 적당한 말로 꼬드

겨서 차에 태워버리는 정도는, 그런 사람들한테는 일도 아니겠지. 실제로는 시노의『일탈』을 알아차린 테츠코 씨가 가게에 난입해서 저지했다는 것 같지만.

"테츠코 씨한테 엄청나게 혼났어요…… 자신을 싸게 팔아넘기지 마라, 상대는 대충 골라서는 안 되고 성격이나 가치관을 음미한 뒤에 연봉과 학력까지 전부 확인한 뒤에 사귀라고……."

"……아니, 그건 그거대로 이상한 것 같은데……."

아가씨가 억지로 첫 경험을 하는 자체는 괜찮은 거야?!

어쨌거나…… 이상하고 자시고, 당연히 테츠코 씨는 그런『일탈』을 고용주인 코사하나 쇼지 씨께 보고해야만 했다.

지금까지 계속 행실에도 성적에도 아무 문제 없는『착한 아이』였던 시노의『일탈』에, 코사하나 씨가 상당히 놀랐는지…… 거래를 일단 중단하고 철야로 비행기를 갈아타서, 보고를 받은 다음 날에 바로 귀국했다는 것 같다.

물론 시노를 야단치기 위해서. 평소에 같이 있어주지 못한 것에 대해 미안하다고 생각하면서도—— 아버지로서 최소한의 책임을 다하기 위해서.

어쩌면 그것도 시노가 노린 일인지도 모른다. 야단치기 위해서라도, 아버지가 돌아와주셨으면 싶었던 게 아닐까. 어쩌면 아버지한테 야단을 맞으면서 자신들이 아직 아버지와 딸이라는 사실을 확인하고 싶었던 게 아닐까.

하지만…….

"아버지가 돌아오신 직후에…… 그 일이 일어났어요."

굳이 말할 필요도 없다.

폭발적인 좀비 발생과── 그에 따른 사회 붕괴.

사람들이 차례로 물려서 좀비로 변해가는 속에서, 코사하나 씨는 딸을 지키기 위해 테츠코 씨와 함께 총을 들고 나가서 열심히 싸웠던 것 같다. 그리고 일찌감치 문을 닫아버렸다. 높은 담장과 무거운 강철 문으로 걸어 다니는 죽은 자들의 침입을 막을 수 있었다는 것 같고.

일 때문에 분쟁지대 같은 곳에도 간 적이 있는 코사하나 씨는, 어지간한 우리나라 사람들보다 위기관리 의식이 훨씬 강했고, 사태의 심각성을 빨리 알아차렸다. 아마도 좀비한테도 적절히── 굳게 마음먹고 대처했겠지.

하지만…… 좀비한테 할퀴어진 집에서 일하던 사람 중에 한 분이 부지 안에서 좀비로 변하고 다른 일하는 사람들을 공격하기 시작했을 때, 코사하나 씨는 딸을 감싸고 좀비에게 물렸다.

테츠코 씨에게 딸과 함께 집으로 들어가라고 지시하고, 그 뒤에 자신은 스스로 문을 열고 부지 밖으로 나가서 좀비들을 상대로 싸웠고── 거기서 쓰러졌다.

그리고 다음 날에는 걸어 다니는 죽은 자가 돼서 저택 주위를 배회하게 되었다고 한다.

"제가 바보 같은 짓만 안 했어도……."

그렇게 말하고, 시노는 두 손으로 얼굴을 가렸다.

자신이 아버지가 보고 싶다고 바보 같은 짓만 안 했어도
―― 아버지는 돌아오지 않았고, 어쩌면 좀비 참사에 말려
들지 않았을지도 모른다.

시노는 그렇게 생각했겠지. 생각하고 말았을 것이다.

"아버지 일은 안 됐어."

이야기를 다 들은 오토와가―― 평소처럼 담담하게 말
했다.

오토와의 목소리에는 빈정대는 느낌도 없고, 동정하는
느낌도 없다. 그저 생각한 것을 솔직하게 말했을 뿐이다.
그렇기 때문에 지금 이 상황만 넘기기 위한 거짓말이나 임
시방편이 들어갈 여지가 없고―― 성실하게 들렸다.

"하지만 이대로 여기 있어봤자 아무것도 안 돼."

"……."

시노는 고개를 숙이고 몸을 부들부들 떨었다.

사람은 받아들이기 힘든 현실은 보지 않으려고 한다. 그
렇게 해서 자기 마음을 지키려고 한다. 나랑 오토와가 그
랬던 것처럼.

"같이 가자."

나는 창을 등지고, 시노를 보면서 말했다.

"이 집에서 나가자."

"……하…… 하지만, 저는……."

시노의 시선이 나―― 아니, 내 옆. 창밖으로 향하고 있다.

아마도 그 라이플을 끌며 걸어 다니는 좀비가 있는 쪽으로.

"아버지를 저렇게…… 두고 갈 수는……."

"당연하지."

그렇게 말하고, 나는 다시 M700을 집어 들고 시노에게 내밀었다.

"그럴 생각이었지?"

"……."

잠시, 시노는 주저하는 것처럼 그 M700을 바라봤지만.

"몇 번이나 아버지를 쏘려고 하기는 했어요……."

고개 숙인 시노의 볼에 눈물방울이 흐르는 게 보였다.

"하지만…… 마지막 순간에 그만두고…… FPS라면 얼마든지 쐈을 텐데……!"

마지막에는 거의 외치는 목소리였다.

토해낼 수 있는 건 토해내는 쪽이 좋다. 나랑 오토와가 잠시 말없이 듣고 있었더니—— 마침내, 시노는 손등으로 눈물을 닦고, 씩씩하게 웃어 보였다.

"아…… 죄, 죄송해요, 못난 꼴을 보여드렸네요."

"괜찮아. 나도 FPS를 그렇게 했지만 현실에서는 이 꼴이잖아. 오토와가 도와주지 않았다면 아마 오래전에 좀비가 됐을 거야."

상위 랭크도 팀 성적도, 지금 이 현실에서는 아무런 도움도 안 되는 과거의 영광이다.

"시노—— 저기, 코사하나 시노."

나는 약간 강하게 말했다.

"아버지의 노력을 헛되게 하지 마."

"……."

"안 그러면 널 지키기 위해서 돌아가신 아버지가—— 아니, 죽은 뒤에서 저기서 저러고 계시는 아버지가 너무 불쌍하잖아. 지켜주셔서 고맙습니다, 지금까지 키워주셔서 고맙습니다, 앞으로는 아버지가 지켜주신 삶을 열심히 살아가겠습니다—— 그렇게, 아버지한테 보여주자고."

떨고 있는 시노를 보면서, 나는 허리띠에 끼워뒀던 권총을 꺼냈다.

"우리가 함께—— 말이야."

"……예?"

생각도 못 했던 한마디에 시노가 눈을 깜박거렸다.

아직 혼란스러워하는 틈에, 계속해서 말했다.

"총이랑 차를 준다고 했었지. 총은 내가 골라도 되는 거지?"

"아, 예, 그건—— 그렇지만, 저기."

"그럼 결정. 난 저 라이플로 할래."

그렇게 말하면서 창밖을 가리켰다.

"멀어서 잘은 모르겠지만, 저거 자동 라이플이지."

"자…… 잠깐만요, 총이라면 다른——."

"아냐, 난 저 총이 좋아. 자동식이면 연사도 될 테니까."

권총 탄창을 확인했다.

남은 탄약은 네 발. 예비 탄약은 없지만 그건 쇠 지렛대로 어떻게든 하면 되고.

"그럼 잠깐 갔다 올게. 여기서 지원 부탁해."

그렇게 말하고, 시노한테 등을 돌리고서 걸어갔다.

한 손을 들어서 살랑살랑 흔들며, 최대한 가벼운 말투로 이렇게 덧붙였다.

"내가 전위에서 돌격, 네가 후위에서 저격. 몇 번이나 했잖아?"

"히로아키 씨?! 잠깐──."

시노가 당황해서 내 뒤를 쫓아오는 발소리가 들린다.

"하지만…… 전…… 저한테는 무리예요……!"

내가 멈춰 서서 뒤를 돌아보자── 시노가 나한테 부딪치는 기세로 매달려왔다.

한심한 얘기지만 갑작스러운 일에 시노를 안은 채로 그 자리에 엉덩방아를 찧고 말았다. 시노는 그대로 내 가슴에 얼굴을 묻으며──

"하지 마세요, 이건 제──."

"내, 우리 문제이기도 하니까."

나는 시노의 어깨를 붙잡고 일어났고, 시노도 일으켜줬다.

그리고── 잠깐 망설이기는 했지만, 마음을 굳게 먹고 내가 먼저 시노를 안아줬다.

"히로아키 씨——."

"아버지의 죽음을 헛되게 하지 마. 확실하게 끝내드리자."

솔직히 아버지와 동생을 내버려 두고 도망친 내가 할 말은 아니다. 하지만…… 지금은 시노와 테츠코 씨를 살리기 위해서라도, 거짓말이건 허세건 부끄러운 걸 참고서 해야 한다.

"그럼."

시노한테 떨어지고 방에서 나왔다.

이번에는 시노가 따라오지 않았지만—— 오토와가 중간까지 따라왔다.

"히로아키——."

"괜찮다니까. 〈지노〉는 실력이 정말 대단해. 100미터나 200미터에서는 빗나가는 일이 없어."

최대한 가벼운 투로 말했다.

"그게 아니라."

"아까 말한 대로, 넌 여기서 대기해."

아무래도 문을 그냥 열어둘 수는 없으니까, 내가 나간 뒤에 바로 문을 닫아야 한다. 그리고 문을 닫으면 자동으로 도어락이 잠긴다. 그렇게 되면 내가 일을 마치고 돌아왔을 때 들어오지 못하게 되고.

그걸 막기 위해, 오토와는 저택 안쪽에서 기다리기로 했다.

"내가 돌아오면 문을 열어줘. 그리고── 만에 하나의 경우에는, **잘 부탁할게.**"

"──치사해."

입을 삐죽 내밀며, 오토와가 말했다.

"나한테 만에 하나가 생기면, 누가?"

"아니, 오토와는──."

만에 하나라도 그런 일은 없을 것 같은데. 있다고 해도 나보다 나중일 테고.

"그러니까, 총을 입에 물고 자결이, 기본이었던가?"

"……절대로 좋지 않아."

오토와는 왠지 기분 나쁘다는 투로 말했다.

"히로아키가 좀비가 되면………… 되면…………."

거기서 몇 초 동안 조용히 생각하고, 오토와는 손가락으로 내 얼굴을 가리켰다.

"손가락질하면서 웃을 거야."

"너무해."

그렇게 말하면서 웃었다.

"알았어, 무리는 안 할게."

그렇게 말하고── 밖으로 통하는 문의 도어락을 열었다.

●

창문을 열고 총을 창틀에 얹는다.

총열이 아니라 개머리판 쪽을 얹은 건, 총열에 쓸데없는 힘이 가면 총열이—— 나아가서는 탄도가 틀어지는 것을 막기 때문이다. 눈에 보이지 않는 미세한 차이라도, 수백 미터 떨어진 곳에서는 수십 센티미터나 되는 차이가 나게 된다. 그렇게 배웠다. 아버지한테.

"——히로아키 씨."

필사적으로 숨을 고르며, 시노는 스코프를 들여다봤다.

마침 히로아키가 시노의 아버지에게 다가가는 모습이 보였다. 오른손에는 쇠 지렛대, 허리에는 권총.

히로아키는 보란 듯이 권총을 꺼내서 보여줬지만, 그 총으로 아버지를 쏘는 일은 없겠지. 어디까지나 시노에게 쏘게 할 생각이다. 그렇게 해서—— 시노에게 마음속에서 선을 긋게 하려는 것이다.

반대로 말하자면, 시노가 언제까지고 주저하면 그만큼 히로아키가 위험해진다.

무섭다. 자신의 고민이, 주저가, 그리고 실수가, 친구를 죽게 만든다.

"아버지——."

저택에 들어온 좀비를 총으로 쏘고, 몇 번이나 물리면서, 자기 몸을 던져서 밖으로 밀어내는 아버지를, 시노는 바로 곁에서 보고 있었다. 보고 말았다. 자신은 아무것도 못 하고 그저 벌벌 떨면서.

아마도, 다시는 잊지 못할 것이다. 아마도, 계속 꿈속에서 보게 될 것이다.

그것이 자신에게── 아버지를 죽게 둔 딸에 대한 벌이라고 생각했다.

물론 그것도 죽으면 끝이다. 편해진다.

하지만…… 자신이 편해지기 위해서, 이번에는 친구를 죽게 둬야 할까.

"……."

시노는 땀이 밴 손으로 몇 번이나 M700의 손잡이를 고쳐 쥐었다.

힘을 너무 줘서 손이 떨리면 조준이 어긋난다.

살짝, 방아쇠는── 무의식적으로 당겨야 한다.

그러기 위해서 많이 가볍게 만든 방아쇠가, 지금은 용접이라도 해놓은 것처럼 무겁게 느껴진다.

"……죄송해요."

거의 무의식적으로 나온 한 마디는 누구에게 하는 말일까.

그리고──

●

걸어가면서 심호흡── 그리고 나는 2층에 있는 시노의 방 쪽을 돌아봤다.

"부탁해 〈지노〉…… 안 그러면."

오토와가 손가락질하면서 웃을 테니까.

"그나저나……."

큰일 났다, 다리가 조금 떨리는 것 같은데.

하지만 여기까지 와서 다시 돌아가면 웃음거리 정도가 아니잖아.

일부러 하반신에 힘을 줘서 다리가 떨리지 않게 하면서, 천천히, 목표로 삼은 좀비 주위를 돌면서 가까이 다가갔다.

문제의 좀비── 코사하나 좀비는 총을 손에 든 채로, 내 쪽은 보지 않는다. 아니. 애당초 시력이 있는지도 의문이지만.

지금까지 만난 좀비들을 보면, 좀비들은 주로 소리와 냄새로 사람을 파악하는 것 같다.

얼마나 보이는지는 둘째 치더라도, 아마도 시각은── 적어도 평범한 사람처럼 시각을 이용해서 다른 사람을 포착하는 일은 없겠지. 『얼마 안 돼서』거의 손상되지 않은── 보통 사람과 구분할 수 없는 좀비를 다른 좀비들이 덮치지 않는 것도, 아마도 겉모습이 아니라 냄새나 소리로 생명 반응을 탐지하기 때문이다.

'그나저나…… 솔직히 저 놈들 어떻게 걸어 다닐 수 있는 거야?'

예전부터 궁금했다.

예전에 VR-FPS를 하다가, 전파장애 때문에 고글 접속이 끊어진 적이 있었다. 그 때 나는 게임속의 가상공간을 걸어 다니고 있었는데, 순식간에 눈앞이 깜깜해진 탓에 그대로 자세가 무너지고 말았다. 플랫폼에 울타리가 있어서 넘어지지는 않았지만.

인간은 균형감각의 상당 부분을 시각에 의존한다.

시험 삼아 눈을 감은 채로 한쪽 발을 들고 나머지 한쪽 발로 살짝 스쿼트를 해보자. 눈을 뜬 상태라면 아무 문제도 없겠지만, 눈을 감으면 난이도가 몇 배로 올라간다.

그렇다면 좀비는 어떨까?

평평한 바닥이라면 또 모를까, 거의 눈이 보이지도 않는데 아무 문제도 없이 계단을 오르내리는 건 대체 어떻게? 시내에서도 장애물이 하나도 없는 게 아닌데, 장애물에 걸려 넘어질 만도 한데 발이 걸려서 넘어진 좀비는 본 적이 없다.

'돌고래나 박쥐가 음파를 이용한다는 얘기는 예전에 들었는데——.'

음파—— 또는 초음파를 발산하고 그것의 반사를 이용해서 레이더처럼 대상물을 파악하는 능력을, 일부 생물이 지니고 있다는 것은 확인된 사실이다. 하지만 그건 어디까지나 일부 생물일 뿐이고, 사람한테는 그런 능력이 없다.

그런 일이 있을 수 있을까? 그렇다면 그건——

"..........이런."

다른 좀비가 날 알아차렸는지, 부서진 문을 통해서 들어오는 모습이 보였다.

너무 오래 걸리면 안 된다. 나는 좀 더 빠르게 걸어서 목표 좀비에게 다가갔다.

"시이이…… 노오오……."

코사하나 좀비가 신음소리처럼 말하는 게 들린다.

놀랐다. 의미가 있는 말을 하는 좀비는 처음 봤다. 지금까지 만난 좀비들은 하나같이 『으어』나 『어으』 정도밖에 못 했는데.

그런데 이 녀석은 딸—— 시노의 이름을 부르고 있다.

이 좀비가 특별한 걸까.

"코사하나 씨."

일부러 말을 걸어보기로 했다.

만약 대화가 성립된다면 그렇게 해서 발을 멈추게 할 수 있을지도 모른다. 굳이 좀비와 치고받고 총을 뺏으려고 싸우지 않아도 된다면, 그보다 좋은 일은 없으니까.

말이 통하면 통하는 대로 인간으로서의 자아가 있다는 뜻이 되고, 그러면 정말 총으로 쏴도 되는지 의문이 생기게 되지만——

"제 말을 알아들으시겠어요?

"시이이…… 노오오……."

"……당신의 딸, 시노 양 친구예요."

"…………시이이…… 노…… 오…… 오……."

흠. 안 되나보네.

"뭐, 됐고. 죄송하지만 그 총, 가져갈게요."

그렇게 말하고 코사하나 좀비에게 다가갔다.

움직임이 느리다고는 해도 돌아다니면 저격 난이도가 훨씬 높아진다. 원래 〈지노〉의 능력이라면 백 미터 정도에서는 상대가 뛰어가더라도 문제없이 맞히겠지만, 지금의 시노한테 그걸 기대하면 안 되겠지.

그래서 움직임을 멈추게 해야 한다.

구체적으로는 쇠 지렛대로 무릎을 때려서 관절을 부수고, 걷지 못하게.

"──간다!"

땅을 박차고, 단숨에 거리를 좁힌다.

코사하나 좀비의 무릎을 향해서 쇠 지렛대를──

"……시이이이이이이이………… 이이이……."

"……어?!"

코사하나 좀비가 끌고 다니던 라이플이 갑자기 튀어 오른 건, 그 다음 순간이었다.

308구경 총구가 날 노려본다.

"──?!"

반사적으로 몸을 젖힌 내 뺨을, 굉음과 함께 뜨거운 사선이 스치고 지나갔다.

으아?! 그나저나 이 좀비, 총을…… 쐈어?!

놀란 데다 억지로 몸을 뒤로 젖힌 자세 때문에, 그 자리에 넘어지고 말았다.

큰일 났다. 이렇게 되면──

"……으으으으……."

덮쳐오는 코사하나 좀비.

하지만 총을 쏠 것 같지는 않고, 딱딱 하면서, 부패하기 시작한 턱으로 이 부딪치는 소리를 내고 있다. 날 잡아먹을 셈이다. 이것만은 보통 좀비와 똑같은 것 같았다.

'어떻게 된 거야?!'

총을 쐈다는 건, 그야말로 생전의── 죽기 직전의 기억에 따라 행동한 걸까?

그렇다면 총으로 마무리하지 않는 것도 이해가 된다. 이해가 된다고 해서 내가 궁지에서 벗어나는 건 아니지만……!

"젠장──!"

엉겁결에 들어 올린 쇠 지렛대를, 코사하나 좀비가 깨물었다.

딱딱 소리를 내며 치아가 금속에 부딪치고, 긁어댄다.

"크, 큰일─"

밀린다. 엄청난 힘이다. 게다가 좀비는 오른손에 총을 쥐었고 왼팔도 쓰지 않았다. 오로지 몸통과 목의 힘만으로 날 깨물려고 하는데, 내가 두 손으로 잡고 있는 쇠 지렛대가 밀리고 있다.

큰일 났다. 밀어낼 수가 없어.

두 손으로 쇠 지렛대를 지탱한 탓에 허리에 찬 권총을 뽑을 수도 없다.

게다가 이러고 있는 사이에도 다른 좀비가 다가온다──

"〈지노〉— 코사하나 시노!"

정신없이, 『전우』의 이름을 불렀다.

지금이다. 지금 이 녀석은 거의 멈춰 있다!

"쏴!!"

●

총소리를 듣고 테츠코가 고개를 들었다.

"아가씨……."

테츠코는—— 지하 차고에서 히로아키와 오토와에게 줄 예정인 자동차에 무기와 탄약, 어느 정도 식량과 연료를 싣고 있었다.

테츠코는…… 그 소리가 어떤 총의 소리인지 알고 있다.

코사하나 쇼지와 시노를 따라 사냥하러 간 적이 여러 번 있었기에.

"나리……."

잠시, 테츠코는 일을 멈추고 마치 기도하는 것처럼 눈을 감았지만—— 마침내, 살짝 흘러 내린 안경을 다시 올리고는 짐 싣는 작업을 계속했다.

●

"——바보."

도어락 잠기는 소리를 들으며, 나랑 오토와는 나란히 숨을 헐떡이고 있다.

"히로아키…… 바보……."

"아니…… 바보는……. 오토와…… 너지……."

둘 다 바닥에 자빠진 상태.

시노는 아버지 좀비의 머리를 멋지게 꿰뚫었다.

해냈다. 죽지도 못했던 아버지를 구해드렸다.

뭐── 거기까지는 좋았데.

여러모로 시간이 걸린 탓에, 다른 좀비 몇 마리가 바로 내 옆까지 다가와 있었다. 게다가 나는 누운 채로 코사하나 좀비 밑에 깔려서 바로 도망칠 수도 없었다.

이젠 틀렸나── 라고 생각한 그때.

놀랍게도, 오토와가 뛰어왔다.

코사나나 좀비와 나를 동시에, 사정없이 짓밟고, 먼저 애용하는 삽으로 나한테 다가오는 좀비 두 마리를 후려쳐서 쓰러트리고, 이어서 내 위에 엎어져 있는 코사하나 좀비를 발로 걷어차서 치워줬다.

급하게 몸을 일으킨 나는 바로 옆에 굴러다니던 코사하나 좀비의 라이플을 움켜쥐고, 오토와하고 둘이서 저택으로 뛰어갔다.

문은── 열려 있었다.

오토와가 식사 때 슬쩍했던 포크를 문에 끼워서 닫히지 않게 해놨기 때문이다.

나랑 오토와는 뒤에서 허공을 긁어대는 좀비들의 손가락 감촉을 느끼며, 포크를 치워버리고 저택 안으로 들어갔다. 그 직후—— 우리를 쫓아오던 좀비들의 눈앞에서 문이 닫혔고, 그리고 도어락이 자동으로 잠긴 것이 대략 10초 전의 일이다.

　"넌…… 여기서 기다리라고…… 했잖아……?

　"좀비 움직임을…… 막으려…… 면…… 다른 방법이 있었을 거야."

　"아니…… 이제 와서 그런 소릴 해도……."

　분명히 오토와 말대로 좀비의 움직임을 멈추게 하려면 뭔가 간단한 함정을 설치해도 됐다.

　하지만, 그래도 시노한테 『마무리』를 하게 해주고 싶었다.

　어쨌거나 아버지를 쏘려고 M700을 꺼냈었으니, 내 목숨이 걸렸다고 생각되면 그걸 『핑계』로 삼아서 쏠 수 있을지도 모른다— 그렇게 생각한 것이다. 아버지였던 존재를 쏘는 데 대한 죄악감은 나한테 떠넘기면 된다. 그렇게 해서 시노를 여기서 해방시켜줄 수 있다면 싸게 먹히는 일이라고 생각했고.

　"아무튼, 히로아키는, 바보."

　"알았어. 내가 바보다, 그래."

　둘이서 쓰러진 채로 그런 소리를 하고 있는데——

　"——바보!!"

안쪽에서, 또 나한테 바보라고 하면서 뛰어오는 아가씨가 한 사람.

아무래도 내 행동에는 방에 틀어박힌 소녀를 방에서 나오게 하는 효과도 있었던 것 같다.

"무슨 짓을, 왜 그런 위험한 짓을 했어요!"

그렇게 말하면서 우리 있는 곳까지 뛰어와서, 그 자리에서 주저앉는 시노.

시노는 내 얼굴에 두 손을 대고는, 박치기라도 할 기세로 고개를 숙였다.

시노의 예쁜 얼굴이 10센티미터도 안 되는 데서 흔들리고 있다. 두 눈에는 눈물을 글썽이고, 입술은 부들부들 떨리고 있었지만, 그래도 시노는── 정말 예쁘다.

아아, 이대로 키스라든지 해주지 않으려나.

그런 생각을, 멍하니 하고 있었는데──

"절 위해서…… 저 같은 것 때문에 그렇게──……!"

퍽, 퍽, 정말로 박치기를 하면서 그렇게 말했다.

"꽤, 아프네."

"……지원, 고마워."

하지만 나는 웃으면서 그렇게 말했다.

시노의 저격은── 현실에서도 정말 훌륭했다.

"이걸로 우리는 우수한 저격수를 한 사람 얻었네."

내 머릿속 한구석에 레이븐의 대사가 떠올랐다.

『새로운 캠페인에서는 플레이어 간의 협력이 클리어의 열쇠가 됩니다. 동료를 모으고 동료와 협력해서 살아남으세요!』

그 캐릭터의 말을 진심으로 받아들이는 건 아니지만, 이걸로 이 좀비가 넘쳐나는 세상에서 살아남는『새 캠페인』을 클리어하기 위한 동료를 손에 넣은 게 된다——

"히로아키 씨……?"
의아해하며 내 얼굴을 보는 시노.
"전부 계산하고 한 짓이니까, 신경 쓰지 마."
그렇게 말하고, 주먹 쥔 손에서 엄지손가락 하나만 세워 보였다.
시노는 깜짝 놀란 표정으로 그대로 굳어져 있었지만——
"——히로아키 님."
지하에 있다는 주차장—— 그곳으로 이어지는 계단에서 테츠코 씨가 나타났다.
"출발 준비가 다 됐습니다."
"……아…… 고맙습니다……."
못된 짓을 한 것도 아닌데, 시노와 이마를 맞댄 상황을 테츠코 씨한테 보여주니까 묘하게 떨떠름하다. 어떻게 보면 이 사람은 시노의 어머니 같은 입장이니까.
"그리고 아가씨."

"아, 예."

역시 나처럼 떨떠름한 건지 부끄러운 건지— 황급히 뿅, 하고 나한테 떨어져서는 똑바로 앉아서 테츠코 씨를 바라보는 시노.

"이제…… 어떻게 하시겠습니까?"

"……갈게요."

바로 대답했다.

아무튼 나한테 실컷 말한 덕분에 진정이 됐는지, 말투와 표정은 평소의 차분한 것으로 돌아왔는데…… 지금까지와 다르게 목소리에 어딘가 적극성이라고 할까, 명확한 의시가 깃들어 있는 느낌이었다.

"저, 히로아키 씨와 같이 갈게요…… 이 저택도 더 이상…… 필요 없어요."

아버지와의 추억에 얽매이고 죄악감에 얽매여서, 어떻게 해야 좋을지도 모르고 방안에만 틀어박혀 있던 불쌍한 아가씨는 더 이상 없다.

지금까지 발목을 잡고 있던 어제까지의 추억에 작별을 고한 것이다.

그래서 시노도 앞을 보고— 달릴 수 있다. 우리와 함께.

지금 시노는 내 현실에서의 『전우』고, 믿음직한 동료다.

"모든 것은, 살아 있는 사람을 위해서 쓰도록 해요……."

"알겠습니다."

고개를 끄덕이는 테츠코 씨도 왠지 만족스러운 표정이었다.

●

지하 차고에 준비돼 있던 것은 한눈에 봐도 튼튼해 보이는 4WD 차량이었다.

메르세데스 벤츠 G클래스.

콘테이너를 쌓아서 만든 것 같은 각진 차체는 강인함 그 자체라는 인상.

아마…… G클래스의 G가 오프로더를 의미하는 겔렌데바겐의 약자고, 원래는 군용 차량이었지만 민수용으로 사양을 변경해서 판매한 것이다. 군용 차량은 FPS에서 몇 번인가 본 적이 있다.

"대단한데……."

"이거라면 어떤 길이건 주파할 수 있어요……."

시노가 G클래스 옆에 서서 그렇게 말했다.

"어느 정도의 파편도 괜찮을 테고……."

"좀비 집단에 둘러싸이고, 차로 좀비를 치고 그 위에 올라탔다가 넘어져서 궁지── 는 기본."

오토와가 감탄한 투로 중얼거렸다.

그나저나 여전히 짜증 나는 기본이네── 라고 생각했지만.

"하지만 이건 괜찮을 것 같아."

군용 차량으로 봤을 때는 차고가 높은── 피탄률이 높을 것 같은 인상이지만, 생긴 것만 봐도 튼튼하고 주파성이 높다는 게 느껴진다. 그야말로 좀비 무리에 둘러싸여도 그대로 밟고 지나갈 수 있을 정도로.

'피탄률……'

문득, 코사하나 좀비를 떠올렸다.

지금은 내가 가지고 있는 자동 라이플── 브라우닝 BAR 〈라이트웨이트 스토커〉── 그 좀비는 나한테 총을 쐈다. 그게 그 좀비 특유의 반사적인 행동이었을까, 아니면 다른 뭔가였을까.

다른 뭔가였을 경우, 앞으로 우리가 『총을 쏘는』 좀비와 싸우게 될 가능성이 있다는 걸까……? 아니, 그게 정말 좀비가 맞는 걸까?

일단 오토와한테는 얘기했지만 『이번엔 그런 설정?』이라면서 고개를 갸웃거릴 뿐이었다. 뭐, 수도 없이 많은 영화 중에는 뛰어다니는 좀비나 연애하는 좀비도 있다는 것 같으니, 오토와 입장에서는 그냥 특이한 좀비 중에 하나로 여겨질 수도 있겠지만.

"그런데, 우에무라 씨는……?"

우리를 지하 주차장으로 안내한 뒤에 어디론가 갔다.

"이 저택을 태워버릴 준비를 하고 있어요……."

아주 간단하고 느긋하게── 그러면서도 엄청난 소리를

하는 시노.

"뭐?! 태워버려?! 어째서?!"

아버지에 대해서 결심을 한 건 좋지만, 뭐야 그거, 결심이 너무 큰 것 아냐. 아니, 내가 결심하게 만들기는 했지만.

"이제 이곳에, 미련은 없으니까요……."

시노는 부드럽게 미소를 지으며 말했다.

"그리고, 아버지는 안 계셔도…… 이 저택이 있으면 또 미련이 남을 것 같아서……."

시노의 발밑에 있는 검은색의 긴 하드 케이스. 다른 짐은 전부 우에무라 씨가 차에 실었지만, 이것만은 시노가 들고 있었다. 아마도 안에는 아버지가 사주신 M700이 들어 있겠지.

유품은 이걸로 충분하다는 뜻일까.

"멋있네, 시노."

"예? 아, 그, 그런가요?"

칭찬하자마자 얼굴이 발그레해지면서 쑥스러워하는 시노가 또 귀엽다.

결국 이 아이는 전에 말했던 것과 달리 순진한 소녀겠지.

처음에는 이런저런 야한 얘기도 하고 나한테 묘한 기대를 품은 것처럼 굴었지만, 결국은 그것도 일종의 자해행위라고 할까── 자신에게 벌을 주고 싶다는 기분 때문에 그랬는지도 모른다. 나머지는 『잠자는 숲속의 미녀』 콤플렉

스라고 할까…… 죄악감이라는 우리에 갇힌 자신을 구해 줄 『백마 탄 왕자님』을 기다리는 마음이 더해져서 그렇게 말했던 것인지도 모른다.

뭐, 내가 심리학자도 아이다보니 어디까지나 개인적인 추측이지만──

"불끈불끈하나요?"

뭔가 기대하는 눈으로 날 쳐다보는 시노.

'좀 전에 한 말 취소. 얘 대체 뭐야……?'

내가 그렇게 질리고 있는데── 갑자기 위쪽에서 요란한 비상벨 소리가 들려왔다.

"뭐, 뭐지?!"

"걱정마세요. 우에무라가 저택에 불을 질렀을 뿐이에요."

시노는 차분했다.

자동 화재경보기가 연기를 감지하고 울린 것이겠지. 물론 연기는 계속 위로 올라가니까, 불이 지하까지 오는 건 마지막── 아니, 어쩌면 오지 않을 수도 있지만, 그래도 이런 소리가 들리니까 왠지 불안하다.

"…………히로아키."

갑자기── 오토와가 내 옷소매를 잡아당겼다.

"히로아키, 이 차는 운전할 수 있어?"

"운전이라니…… 자동변속기 같으니까, 할 수는 있겠지."

전에 말한 대로 벤츠 G클래스의 바탕이 된 차는 VR-FPS 에서 본 적이 있고, 한두 번 정도 몰아본 적이 있다. 현실과 똑같다는 것이 특징인 게임이니까, 아마 조작도 거의 비슷하겠지.

"그럼 우에무라 씨가 안 오더라도 안심."

"야…… 불길한 소리 하지 마?!"

"저도 운전할 수 있어요."

그리고 약간 의기양양한 표정으로 웃으며 말한 사람은 시노였다.

"라이플처럼, 아버지께 배웠거든요."

"……꽤 대단한 아버지시네……."

뭐, 운전면허를 따지는 건 일반도로에서나 하는 일이고, 황야에서 이런 차를 모는데는 면허가 필요 없다. 발이 가속과 제동 페달에 닿기만 하면, 어린아이가 운전을 해도 문제는 없지만.

"하지만, 괜찮아요. 테츠코 씨는 반드시 올 거예요. 어떤 일이건 확실하게 하는 사람이니까……."

그렇게 말하면서 시노가 뒷좌석에 탔고, 오토와도 따라서 탔다.

나는 만에 하나에 대비해서 바로 운전석으로 이동할 수 있도록 조수석에 탔다.

그리고 마치 그때를 기다렸다는 것처럼──

"오래 기다리셨습니다."

테츠코 씨가 나타났다.

여전히 메이드복 차림인데, 거기에 어깨에는 산탄총을

메고 안경 대신 선글라스를 쓴 게…… 대체 뭐가 뭔지.

"그나저나 왜 메이드복이죠?!"

"이건 아가씨의 호위 임무를 맡게 됐을 때 특별히 주문해서 만든 아라미드 섬유제 메이드복입니다."

테츠코씨가 슥, 하고 약손가락으로 안경을 올리면서 말했다.

아라미드 섬유라면…… 방탄복 같은 데 쓰는 그건가.

"어지간한 의상보다 생존성이 높다고 자부합니다."

"아, 예……."

뭐 원래 메이드복 자체가 일종의 작업복이니까, 이상한 일은 아니…… 겠지? 시노나 이 사람을 보고 있으면 왠지 내 감각까지 이상해질 것 같다.

어쨌거나──

"그럼, 출발하겠습니다."

웃는 얼굴로 말하는 테츠코 씨.

그 뒤쪽에서──

"──우에무라 씨!?"

나도 모르게 소리를 지르며 권총을 뽑았다. 저택 1층에서 지하 주차장으로 내려오는 계단── 그곳을 따라 좀비 한 마리가 내려오는 모습이 보였기 때문이다.

"뒤에! 좀비가──."

"예── 알고 있습니다."

하지만 테츠코 씨는 당황하지도 않고 운전석에 올라타

서 문을 닫았다.

느릿느릿, 어딘가 얼빠진 움직임으로 다가온 좀비는 테츠코 씨를 건드리지도 못하고 G클래스의 차체만 긁어댔다.

"저택의 문, 창을 전부 열어뒀기에."

"왜 또 그런 것까지……."

"주위에 배회하던 『걸어 다니는 죽은 자』들을 거의 저택 안으로 끌어들였습니다."

아, 그런 거구나.

저택 주위에는 좀비가 많다. 아무리 튼튼하고 주파성이 좋은 G클래스라고 해도, 수십 마리나 되는 좀비에 둘러싸이면 꼼짝달싹 못 하게 될 위험이 있다. 그것을 피하기 위해서 좀비들을 저택 안으로 끌어들이고, 게다가 불까지 지른 것이다.

"왜 그런 위험한 짓을……."

아마도 테츠코 씨는 일부러 자신의 존재를——『살아 있는 사람』의 존재를 좀비들에게 알리면서 불을 붙이고 다녔다. 한마디로 자신을 함정의 미끼로 사용한 것이다.

"히로아키 씨가 할 말은 아닌 것 같은데요."

"아주 동감."

시노와 오토와가 말했다.

아니. 저기. 그건 그럴지도 모르겠지만 말이야?

"나중의 위험을 줄이기 위한 일이니까요."

테츠코 씨는 진지한 표정으로 말하고는 가볍게 가속 페달을 밟았다.

그러자 리모컨으로 조작했는지, 앞 유리 너머에서 전동식 셔터가 천천히 열리는 게 보였다.

그리고 그 너머에는―― 죽은 자들 무리.

"자, 여러분. 안전띠는 착용하셨나요?"

우리가 고개를 끄덕인 것을 확인하고, 테츠코 씨가―― 가속 페달을 한껏 밟았다.

"으억?!"

온몸을 덮치는 강렬한 가속감.

아직 다 열리지도 않은 셔터를 앞에 장착한 그릴 가드로 뚫어버리고, G클래스가 안마당으로 뛰쳐나갔다. 차체는 기세를 타고 한순간 허공에 떴다가 착지, 옆으로 미끄러지면서 좀비들을 해치웠다. 퍽, 퍽, 하는 기분 나쁜 소리와 함께 사람 몸이 날아가는 게 보인다.

"꼭 잡으세요. 조금 거칠게 몰겠습니다."

그렇게 말하는 테츠코 씨.

그때―― 저택 쪽에서 큰 파열음이 들려왔다.

"――!"

고개를 돌린 우리 눈앞에서 큰 소리를 울리며 불타오르는 고사하나 저택. 배웅하는 불꽃놀이라고 하기에는 좀 요란한 그것에 주위를 붉게 비추고 있다.

열기 때문에 창문들이 차례로 깨지고, 불덩어리가 된 좀비가 기어 나오다가 힘이 다 해서 본래의── 원래 그래야 마땅한 시체로 돌아갔다.

그 모습을 보며…….

"……안녕히."

시노가 하드 케이스를 꼭 끌어안고 중얼거렸다.

상당한 숫자가 저택의 불에 휘말린 것 같지만── 역시 근처에 배회하는 좀비들을 전부 처리하지는 못한 것 같다. G클래스는 반파된 문을 통해서 부지 밖으로 나오자, 곳곳에서 비틀비틀, 부자연스러운 걸음걸이로 다가오는 사람 그림자가 보였다.

"생각보다 많네──."

"안심하세요. 이 정도라면 피할 수 있습니다."

"──흐억?!"

좌로 우로, 차 안에서 흔들리는 우리들.

다가오는 좀비들을, 테츠코 씨가 멋진 핸들링으로 피해 나갔다. 도로는 물론이고 인도까지 올라가서, 또는 역차선 주행── 이미 교통법규가 아무런 의미도 없다고, 아주 마음대로 달리고 있다.

"대, 대단하다……?!"

속도는 그다지 빠르지 않지만, 아무튼 평소에는 차가 다니지도 않고 다닐 일도 없는 곳을 억지로 달려나가다 보니, 엄청나게 위험한 것처럼 느껴진다. 게다가 다가오는 좀비를 아슬아슬하게 피하면서. 웬만한 놀이공원 놀이

구보다 훨씬 스릴이 넘쳤다.

'요인 경호 훈련을 받았다고 했었지……'

그런 훈련에서는 총기 조작이나 격투기는 물론이고, 보호 대상을 위험한 현장에서 신속하게 대피시키기 위해 상당히 극단적인 운전도 배운다는 이야기를 들은 적이 있다.

"이제 어떻게 할까요?"

아크로바틱한 운전을 하면서도 태연하게 묻는 테츠코 씨.

"말씀하신 홈센터로 갈까요?"

"필요 없어. 일단은 이대로 교외로."

그리고── 테츠코 씨의 물음에 대답한 오토와의 말을 듣고 놀랐다.

"괜찮겠어, 오토와? 지금까지 모은 식량이라든지──."

"식량은 이미 이 차에 잔뜩 실려 있어. 공구와 무기도 잔뜩. 홈센터로 돌아가 봤자 더 이상 실을 수 없으니까 의미가 없어. 이대로 교외로 나가는 게 좋아."

담담하게 말하는 오토와.

분명히 합리적인 판단이다. 고생해서 모은 물자도 상황에 따라서는 쉽게 버릴 수 있는── 이 판단력은 정말 대단하다. 이건 좀비 마니아로서의 지식 이전의 문제다.

FPS 게임에서도 상황 변화에 대응하지 못하고 궁지에 몰리는 사람들이 많았고, 그런 유연한 사고를 할 줄 아는 사람은 살아남아서 톱 랭커가 되는 일이 많은데…… 현실에서도 똑같이 행동할 수 있는지는 의문이다.

정말이지, 이 쥬도 오토와라는 소녀는 여러모로 이상하면서도 대단한 녀석이야.

역시나 내 파트너라니까.

"알겠습니다. 그럼—— 신속하게 이동하겠습니다.

테츠코 씨가 그렇게 말했고—— 우리가 탄 차는 더 가속. 얼마 지나지 않아서 교외로 나가는 폭이 넓은 도로에 들어섰다.

일단은 시외로.

그리고——

"오토와, 이제 어디로 가면 돼?"

"——멀리."

차창 너머, 저 먼 곳을 보면서 오토와가 말했다.

"최대한 사람이 없는 곳이 좋아. 도심에서 떨어지면 떨어질수록 좀비와 조우할 확률도 줄어드니까. 그러면서 도로도 있어서, 필요한 경우에는 바로 이동할 수 있는 곳."

맞는 말인데…… 그런 곳이 정말 있을까?

"……"

나도 오토와를 따라서 창밖을 봤다

사이드미러 너머로 후방이—— 멀어져가는 도시가 보였다.

코사하나 저택 쪽에 시커먼 연기 기둥이 한 줄기 솟아 있지만…… 그것 말고는 지극히 평범한 도시의 모습이 보였다. 멀리서 보면 예전에 우리가 살았던 때와 아무것도 달라 보이지 않았다.

'하지만, 이제 저기에는 우리가 알고 있는 일상이 존재하지 않아…….'

우리는 그런 일상의 잔상과 결별했다.

"캠프장 같은 곳이 좋을지도."

갑자기 생각이 난 것처럼, 오토와가 말했다.

그 말을 듣고 생각해보니 식량 같은 것들을 차에 잔뜩 싣고 도심지를 벗어난다— 캠핑 자체라고 할 수도 있겠지.

끝나버린 세상에서, 끝이 없는 휴가를, 끝이 없는 캠핑을 간다.

그것은 기나긴 모험의 시작이다.

"——조금, 신이 나는 것 같기도 하네."

차 안에 가득 찬 칙칙한 공기를 바꿔보기 위해서 농담처럼 말했다.

"……."

오토와와 시노가 잠깐 깜짝 놀란 표정을 지었지만——마침내, 두 사람도 얼굴을 마주 보며 웃었다.

작가 후기

안녕하세요, 소설가 사카키입니다.

HJ 문고에서는 오랜만—— 이라고 할까요, 최근 2년 정도 이런저런 일로 여기저기에서(다른 레이블에서도) 오랜만이 돼버렸습니다.

물론 놀고 있던 건 아닙니다. 담당 K 님과 뜨겁고 치밀한 미팅을 가졌습니다. 예, 정말로.

"뭐랄까, 좀비 같은 걸 쓰고 싶거든요."

"좀비요. 좀비 말이죠. 좋긴 한데, 좀비물은 좀 어둡지 않나요."

"어두우면 안 되나요."

"안 돼요. 안 먹혀요."

"알겠습니다, 그럼 주인공이 싱글싱글 웃으면서 주저하지도 않고 좀비를 차례차례."

"사이코패스 같은 주인공도 안 됩니다."

"사이코패스면 안 되나요."

"안 돼요. 완전히 질려버려요."

"그럼 어쩌라는 겁니까!"

"알 게 뭐예요!"

……그런 대화를 나눈 끝에 태어난 것이 이 작품입니다.

밝고 즐겁고 친구들과 캠핑 가는 느낌으로 좀비 사태로 멸망한 세상에서 살아나가는 이야기.

그런 게 가능할까? 라고 생각했지만, 최근에는 의외로 느긋하고 여유 있는 포스트 아포칼립스 물도 종종 보이는 게, 그냥 제 시야가 좁았던 것 같습니다.

어떤 느낌인지는 본편을 봐주세요.

"카츠단소 님이 그려주신 캐릭터 디자인 러프 보내드렸습니다. 어떠세요?"

"그게, 카츠단소 님 그림 자체는 정말 훌륭하지만, 정말 이래도 되나요?"

"되냐뇨, 뭐가?"

"히로인이 안경 썼잖아요."

"썼죠."

"전작(『창강의 모독자』) 때도 히로인이 인경을 쓰면 안 팔린다면서 표지에서는 안경 벗겼으면서! 그래서 이번에는 일부러—— 뼈를 깎는 심정으로 히로인의 외모 묘사에 안경을 안 넣었는데! 그래서 대신에 테츠코 씨한테 안경을 씌워줬는데!"

"근데 왠지 본문을 읽다 보니까 안경을 썼을 것 같더라고요, 오토와가. 다른 편집자분한테도 보여드렸는데, 자연스럽게 안경 소녀가 떠오른다고 했고. 무슨 서브리미널 효과라도 발생하게 쓰신 건가요."

"아마 그거예요. 심안. 마음의 눈으로 보면 거기에 안경이 있는 겁니다."

"그렇군요."

……그렇게 해서 안경 히로인이 됐습니다.

문학소녀도 반장도 아니지만.

또한 이 작품은 일단 한 권마다 내용이 정리되지만, 그것과 별개로 2~3권마다 하나의 시즌이라는 느낌으로, 큰 줄기를 따라가면서도 적당히 정리하면서 가는 구조로 예정하고 있습니다. 2권 원고도 이미 다 써놨으니, 의외로 빨리 나올지도 모릅니다.

가능하다면 제3, 제4시즌까지 계속 이어가고 싶으니, 독자 여러분께서 부디 많이 구입해주셨으면 감사하겠습니다.

2018/ 2/ 27

사카키 이치로

Z no jikan 1
©Ichirou Sakaki
Originally published in Japan in 2018 by HOBBY JAPAN CO., Ltd.
Korean translation rights ⓒ 2020 by Somy Media, Inc.

Z의 시간 1

2020년　6월　7일 1판 1쇄 인쇄
2020년　6월 14일 1판 1쇄 발행

저　　　자 사카키 이치로
일 러 스 트 카츠단소
옮 긴 이 김정규
발 행 인 유재옥
본 부 장 조병권
편집 1팀 정영길 김민지 조찬희
편집 2팀 김다솜 이본느
편집 3팀 오준영 곽혜민 김혜주
라이츠담당 김슬비 한주원
디 지 털 박상섭 박지혜 이성호
미　　　술 김보라 서정원
물　　　류 허석용 최태욱
발 행 처 ㈜소미미디어
등　　　록 제2015-000008호
제 작 처 코리아피앤피
주　　　소 서울시 마포구 토정로222, 403호(신수동, 한국출판콘텐츠센터)
판　　　매 ㈜소미미디어
마 케 팅 한민지 권지수
전　　　화 편집부 (070)4164-3962, 3963　기획실 (02)567-3388
　　　　　　판매 및 마케팅 (070)4165-6688, Fax (02)322-7665

ISBN 979-11-6507-718-1 04830
ISBN 979-11-6507-717-4(세트)